agora e na hora do abaporu

agora e na hora do abaporu

[CONTOS]

Bento Cunha

LETRAMENTO

Diretor Editorial | Gustavo Abreu
Diretor Administrativo | Júnior Gaudereto
Diretor Financeiro | Cláudio Macedo
Logística | Vinícius Santiago
Designer Editorial | Luís Otávio Ferreira
Assistente Editorial | Giulia Staar e Laura Brand
Diagramação da capa | Sérgio Ricardo
Direção de arte da capa | Bento Cunha
Revisão | LiteraturaBr Editorial
Diagramação | Isabela Brandão

Dados Internacionais de Catalogação na Publicação (CIP) de acordo com ISBD

C972a Cunha, Bento

Agora e na hora do abaporu: contos / Bento Cunha. - Belo Horizonte : Letramento, 2019.
104 p.

Inclui índice.
ISBN: 978-85-9530-297-6

1. Literatura brasileira. 2. Contos. I. Título.

2019-1741 CDD 869.909
CDU 821.134.3(81)-34

Elaborado por Odilio hilário Moreira Junior - CRB-8/9949

Índice para catálogo sistemático:
1. Literatura brasileira : Contos 869.909
2. Literatura brasileira : Contos 821.134.3(81)-34

Belo Horizonte - MG
Rua Magnólia, 1086
Bairro Caiçara
CEP 30770-020
Fone 31 3327-5771
contato@editoraletramento.com.br
editoraletramento.com.br
casadodireito.com

Grupo Editorial LETRAMENTO

Para minha Mãe, Rosiane

Para Ricardo

Se eu pudesse me entregar ao Mundo,

o que diria, então?

Devora-me?

Talvez.

ANUNCIAÇÃO

Neste mundo
de onomatopeias
e cotidianos romantizados,
meu amor, vamos comer os homens!

Eu vi o Abaporu! Eu vi o Abaporu devorando a vida comum, fumando um cigarro, bebendo goles inteiros de café, cruzando semáforos; eu vi o oposto da vida – cheia demais, muitos sons e muitas palavras: exaustivo, exaustivo, exaustivo. O horror da vida – desejo sagrado em ser parte de tudo – era um gancho podre e fraco rasgando as enfermidades do mundo cibernético, de pessoas esquecidas do contato poético das peles. A vida, pobre e desgraçada vida, deu-se por resumida a um amontoado de pétalas e sépalas úmidas num jardim de outras tantas mediocridades, também úmidas e resumidas. Tudo encharcado por um súbito desprazer humano, por súbita ilusão torneando a felicidade. Não nos avisaram sobre a tragicidade impiedosa do tempo, dos dias ruindo o próprio tecido; nós – os protagonistas – fomos esquecidos, talvez porque fizemo-nos de importâncias irreais. E porque romantizamos a vida, não a queríamos voraz ou sedenta.

Tudo igual, igual, repetitivo.

A criatura também me viu, remota experiência do desejo, curiosa sobre minha pequenez – sua boca dizia figuras inesquecíveis, recitava poemas, e depois do beijo adornado pelas palavras, sibilava uma ou outra história a respeito do que ainda viria: o horror, o horror, o horror; mas acalentava-me, sol em brasa ardendo os sentimentos do peito. Como me doem todas estas taquicardias, feito um homem a perder o natural juízo na descoberta do novo mundo, da outra criatura. E ele? Ele me ama por semelhança? Se amo os abutres, sou também semelhante à coisa maior do que o próprio ser? O Abaporu é a Criatura? Não posso ser o Criador, nos amamos deveras tardiamente. Toda criatura é, em si, um segredo – mas qual a sua identidade? Pode-se dizer de todas as coisas "uma criatura bonita"? Pode-se dizer que as cores são bonitas sem nomeá-las? Elas continuariam sendo o fato ainda que eu não as dissesse em suas individualidades? Porque enquanto eu resumir apenas em "que bonitas são estas cores" eu não mudarei nada, enquanto eu não revelar o segredo das cores todo o resto permanecerá apenas poeira da densa história. Contudo, estou divagando, fugindo do outro fato – não quero admitir ter encontrado algo tão semelhante às minhas perguntas maiores. É fato também: nunca mais fomos dois caminhos paralelos, pois me atrevi ao outro universo, toquei o outro espírito e já não bastava apenas saber unicamente do meu desejo: eu precisava tatear no escuro do outro 'eu'; e todo este pensamento me põe em cólera e negação, porque já me dizia inteiro e feito, todo o resto era apenas uma parte cuja sabedoria fora abandonada por mim – não ter mergulhado debaixo dos lençóis, por respeito à minha ignorância, era um direito meu. Assim, depois da primeira visão, estou certo de não mais poder a unicidade daquilo que chamei de meu intelecto.

Tornamo-nos, por consequência do encontro, ângulos ortogonais; ele me espreita todas as noites, cobre minha janela, sela meus beijos, assusta-me dizendo banalidades: vá ao mundo, role as ruas, nade a curvatura do monte, compre jornais e forre a gaiola dos pássaros – o horror e a estupidez. Não o acuso, ele não disse absurdos ou conjurou santos, apenas puxou com dedos longos o véu que cobria a entidade-homem. Então me recolho, estou amargo e pequeno – perto da outra mão estou sempre algo diminuto, cru e ignóbil... ah! como sou uma referência para o leito abstrato do medo frente aos homens, o olhar alheio me apavora, os outros desejos sufocam as minhas querências. Existem desejos nunca possíveis da realização, eu nunca serei nuvem ou aprenderei a voar; o azul não me quer por adoração, mas desprezo – sinto todas essas faltas, e isso é o que me afasta da antessala do sono. Então escrevo, e não sei em qual momento principia o desvario e, tampouco, em qual ponto a ideia terá cumprido os méritos de seu fado, se n'algum outro coração ou simplesmente um traço vívido no mapa. Escrever é uma virtude infernal, e somente o Abaporu e os poetas sabem das virtudes vindas do cerne ferroso e líquido.

Enquanto escrevo, ele segura a minha mão e dita palavras que repousam prontas na acidez do estômago; não confessar aquilo que eu realmente queira, talvez, seja uma forma de guardar o meu silêncio, de proteger uma parte da alma adjacente às emoções. Então me cubro manso repetindo o som acúleo de minha disritmia, deixo o corpo em vírgula disfarçando a exaustão do diafragma sustentando o pensamento das tragédias. Agora já não posso mais andar pelo mundo feito um desavisado, alertaram-me que tudo é muito mesquinho; e sim, repetidas vezes sim, os habitantes da Terra tornaram-se medíocres demais, e redondos e quadrados espiam o crepúsculo em lados opostos. Que tristeza! Eu também caminhava no lado oposto, e só no espelho percebi a outra identidade, a menos puritana – dessas personas que guardamos para idas ao teatro e conversas polidas, sorrindo feito um animal recluso e alerta. A outra persona era amarga, com rendas de fel e ancas de bicho solto. Para nossa redenção, de modo a livrarmo-nos de todos esses males apresentados, deveríamos aprender um mistério qualquer, tomar alguma coisa virgem e casta sem nunca profanar a sua grandiosidade, o próprio ato seria a desgraça e torpor do agente. Uma só palavra embrulhada em lenços de seda poderia valer a exaustão dos dias seguintes. Assim aprenderíamos, talvez, o amor na forma pulsante, ainda ventre-vermelho e fluídos maternais: seríamos o filho pródigo retornando ao seio da criação, e a partir daquele primeiro martírio, outra vez retomaríamos o caminhar: não mais as águas, os impedimentos, a impiedosa confraria do acaso engolindo-nos em rugidos guturais. Amando, todas as relações seriam membros acolhendo-se livres da vergonha.

— O mundo está espectral, disse ao meu caro amigo; agora eu também o sei.

E em resposta, pediu-me de joelhos:

— Não diga a ninguém que sabe amar, por favor. Guarda teu mistério!

Recebi com espanto a sobreposição de palavras; tardiamente, senti alguma ternura. Ele sabia da minha profanação: amei – indefinidamente, abastando-me em corações e longe das linhas, amei. Perdoem o meu pecado, o exato oposto do que pedem as pessoas, pois furei os teus olhos com a ponta redonda do amor, dei as mãos na brevidade do dia e alterei a ordem das coisas. Quanta súplica precisarei fingir apenas para preservar meu desejo-âmago, porque não quero a precariedade do entendimento. Eu sei, meu amor, somos a nova carta do tarô, e dirão nossos nomes em castelos de flores e abóbodas muito azuis; seremos o que as estrelas ainda não puderam alcançar, a primeira história abençoada pelo Abaporu. São assim todas as histórias de amor? Uma tragédia embebida em romance? Quero as tragédias, o grito homérico, a coragem hercúlea para o prazer, a vaidade dos lírios. Eu quero o oposto da vida, eu quero o amor, algo alarmante na caretice e sofreguidão que assola a mão sobre os homens. Mas se minha confissão não pode deixar estas páginas, como o farei? Continuarei a amar em silêncio, pois os verdadeiros amantes sabem do valor intrínseco ao emudecimento das emoções. Por homens do passado, em alto fogo foram crispados todos os sentimentos, parecia a tonada de uma chama inteira e certa nos pensamentos, tudo descoberto, louvores à alquimia. Amar era uma solução química colérica, e eu caminhei entre os homens do passado, fui rei e depois guerreira – e no arfar da falsa concretude dos sábios, tentei sanar a cólera num gole espesso de amor. Naquele tempo, tive um prazer inocente ao descobrir que o soro era, senão, a paixão em seu estado mais bruto.

Após o espanto pelo pedido imperativo, ao meu redor tudo estava mais organizado e manso. E feito. Então tudo era e assim continuou: permitido! De menos revelar o meu grande segredo: amo! Pois permaneço como um dos primeiros a tatear a caligrafia da palavra mais santa, inaugurando a bem-valia – em posse de alguma coisa eu sou alguém; de modo que eu não existia até aquele momento, o da descoberta e aprendizado. Amo, e isto me afasta e isola, todavia me enche de cólera e alegrias.

O Abaporu tinha algo raro em sua unicidade, estávamos singulares, um só poema. Juntos sofríamos de sofomanias. Ele também amava: o criador e a outra gente, o restante lascivo e sem coragem da humanidade; o que era tinta fresca se tornou rupestre, estávamos todos velhos e antiquados demais.

Às vezes eu gostaria de ter alguma coragem para debruçar-me no parapeito de uma janela bem grande e viva, dessas janelas muito abertas, sem a imposição dos vidros ou grades – um espaço liberto de si mesmo, contornado apenas por quatro linhas de sabedoria para dar a própria forma –, eu gostaria de debruçar-me e explodir em fúria: AMO, AMO, AMO!!! Sofreria a exaustão pulmonar do fôlego e, em contrapartida, tornar-me-ia em tela branca, vinho novo. Estaria pronto e esperançoso do surgimento de um novo abaporu – assim mesmo, substantivo comum, porque as metamorfoses e a definição do próprio ser – fincando-se ao nome uma letra em caixa-alta –, todas estas coisas carecem da amabilidade das horas e minutos para serem próprias.

Em tempo, ainda possuímos um ao outro por questões de simples cumplicidade, talvez porque ambos somos capazes de compreender o início e o fim sagrado das frases, das histórias, do objeto-homem-mulher, porque ele resolve a interrogação de quase todas as minhas indagações. Se é o meu anjo? Não, e tampouco me regozijaria ao defini-lo como tal; ele que transpôs as amarras das coisas ordinárias e profanas – e horrendas! Mas desmembrando a epiderme do mundo, rasgando em cicatrizes ardentes a face risonha da serenidade, da bondade, tesouro de sofismas, preciso confessar que uma pergunta ainda reza: quando eu morrer, deus meu, serás meu o trabalho de te criar? Te imaginar assim: uma infinidade de coisas grandes. Em seguida, serás átomo, ponto, um resto da física quântica revirando meu estômago, vísceras imundas nas Tuas vestes imaculadas. Te direi homem ou mulher? Criatura de asas. SIM! Agora já posso ver, um rosto, um Todo redondo, livre de arestas, pontas mundanas da dor – de nós, humanos, dor doída do globo ocular vasculhando os cômodos invisíveis do sofrimento – e agasalhando-se num tecido de estrelas do alto, firmamento de teorias, as estrelas-corpos-punhado-de-retinas espiando os tormentos. Através da gelatinosa membrana, assim também enxergo a Ti: um Todo-Alado, Criatura pungente na miséria. Mais adiante: uma placidez de risadas – também devem existir comportados sorrisos, imagino eu. E ainda lá, na dobra do instante: incoerência de fatos, fugas de espaço, culpa (...) e dedos, muitos dedos em distâncias próximas latejando a face da agonia. Depois de revelado o Teu rosto, no cotidiano do tempo, quando tudo o que existe residir na fragilidade do instante, aquilo que chamo de normalidade não será mais um sujeito estático – a preciosidade das coisas ordinárias será, então, revelada: debaixo dos lençóis é tudo mar. Quando o íntimo das coisas comuns for quebrado, direi assim: rogai por mim, agora e na hora do Abaporu. Amém.

— Dou-lhe uma esperança: tudo pode ser belo, findou o imperativo Abaporu.

Tudo pode ser belo, tudo pode ser o amor como a liquidez de um suprassumo, uma tinta púrpura tatuando o tecido da pele e quadros. Preencho a gravidade do côncavo de minhas mãos com um punhado de uvas maduras, grávidas, e ao céu eu as ofereço.

Enquanto escrevo, a vida nasce.

O PRIMEIRO CRIME

Perdoa-me, padre, porque pequei. Enquanto ordeno as palavras, a minha fé desordena-se dos preceitos santos, com uma luneta envelhecida eu olhei o céu e tive o infinito – e, sem saber da falta das asas, quis o azul; e ir além da rede de estrelas que nos encobre, retirar o azul, deixar a luz incidente refletir o rosto que pintei no esteio da minha covardia. Se é também minha? É! Descobri visceralmente que se pode, também, tomar uma covardia – cai sobre meus ombros e dobra-me as pernas: santo, santo, santo. De antemão, dê-me a dívida sacra, porque outro virá, e em sua glória terá recomeçado os tempos e desenhado a face do agouro em linhas tortas – ele, aviso por amor paterno, ele não sabe o que fez.

Peço que tenha a mim maternalmente, como a um filho em cólera: te amo, filho, amo a forma como dorme os dias e acaricia as noites; as longas noites escoltadas desde os paredões que se sobrepuseram ao lado de águas doces e superfícies castas, mas vá para os mergulhos, ou só mesmo para o último, o da redenção. O amor pela criatura e não pela conquista, que foi nada. E conquistei o nada, valha-me desgraçada insatisfação que te morde a boca e confrange as mãos. Valha-me, mãe. Mãe?! Eu, por estar desprovido da graça, em mente te amo e venero: mulher-santa.

Vamos, entrega-me a quantia exata de padre-nossos para excomungar minha falsa amabilidade. Chega de comprazer as distrações, o vento ou a folha acenando sem coragem, ou quiçá estes dois momentos; é fato o meu desprazer em revelar o sentimento de repulsa atrelado ao peito, porque teria de contar o meu pecado: matei. Pelo medo espectral da fome, matei. Por amor, meu bom padre, matei.

Nos tempos de minha meninice, eu tinha um canário com nome de cão, e por não conhecer outros nomes ou não crer na propriedade e retidão do nome dos eleitos, ficou aquele escolhido ainda no berço. O canário era abençoado com minha ingenuidade, e o ato sacro redimia a ambos: pois ele podia ser o que bem lhe mandassem as asas; eu é que, talvez, não pudesse sê-lo.

Sucedeu-se, porém, que um dia a criatura se mostrou muito magra e de ares famintos – não da fome do mundo, essa era minha, própria como os substantivos. Piando insistentemente por qualquer migalha, qualquer coisa serviria: um resto de arroz, um punhado de alpiste, algumas parcas sementes, ou mesmo uma lasca de pedra. Pois veja bem, a fome dos poetas sacia-se com a fartura no belo e no trágico, é bem específica; mas não a verdadeira fome, o espectro que assombra sem lamentar a identidade, o horror fantasmagórico. A fome é sempre um sentimento sepulcral, de modo que os sepulcros existiram antes da própria vida: a vida do interior da terra. Depois do orgulho, a fome foi o primeiro mal a caminhar entre os homens. E o pequeno pássaro seguia piando e piando – e... Deus! como eu não mais podia com aquele lamento, acabei por chorar, afinal, ali existia uma extensão da vida – dura e sôfrega. Deslizei no pranto, beijei os pés do canário, dei-lhe carinhos e suspiros, mas a fome... Pai, socorra-me nesta hora de morte e desespero, porque eu não sei matar a outra fome!

Fui afoito até a cozinha, os dedos escorregando pelas paredes – talvez o corpo me dizendo para parar alguns instantes, a ponta dos membros agarrando-se nos fiapos de esperança pendurados no concreto, o tempo prevendo o próprio tempo, pois alguns sentimentos são sempre sábios na tonada das horas, sábios em predizer os próximos gritos. Poderia ter feito tantas coisas, segurado o corpo por um instante, freado a irresoluta paixão dos pés em alcançar o derradeiro pote de água – eu que, sozinho no deserto, senti sede e quis ardentemente outra criatura servindo-me um pouco de água com a concha das mãos. Contudo, nada fiz pela ordem próspera da situação, eu estava todo coração; a euforia tomou o próprio rumo das asas, cálidas ressacas; pare, mente em labor, pare!

Busquei por água em potes de barro, deixei a bebida cair mansa e lisa dentro da pequena cuia, as mangas da camisa encharcando-se do líquido santo – e eu estava todo santo e reluzente; as vestes puras de um azul claro, claro... a aura amarelada pela lâmpada íntima e acesa no cômodo apertado, o rosto consternado e brando. Só quem já matou a sede de um outro ser compreende minhas intenções e é capaz de ver-se, por inteiro, na imagem imaculada enquanto eu me servia do líquido para aquietar o corpo mais próximo. Eu, bendizendo a vivacidade do momento, estava alto e muito cheio, grande por uma vaidade que feria aos homens e aos demais participantes daquela seara, tudo me preenchia e replicava o orgulhoso sentimento; as mãos delicadas e postas feito um ventre amparavam a cuia devolvendo alguns pingos singelos de volta à talha de barro. Do alto do mundo, apanhei também um pedaço virtuoso de pão, sôfrego por não conseguir alimentar multidões, claro, embora completo e até um pouco arrogante por ser o único a ter posse de tão raro tesouro; eu tinha um punhado de ouro e prata, e no contar dos minutos eu estava rei de toda a casa, eu estava rei de um destino – eu tinha o outro destino! O que fazer quando uma vida toda faceira é colocada diante de olhos famintos e pedintes? Valer-se da carência e bestializar a animosidade do sublime minuto? Ser a maior criatura, dar beijos e convidar para conhecer os cômodos fatídicos da realidade? Há fome, há fome, ei-la tangendo a vida, mas vou saná-la, dê-me um só momento... O que fazer diante de um outro destino a não ser o próprio? É permitido profanar a outra realidade? Todas as perguntas resumidas no piar arfante do canário. E eu seguia ornando-me em ouro e prata, pão e água. Estive no esplendor, depois retornei para as horas cármicas dos homens.

Voltei animado, sendo mais o pássaro do que eu mesmo; estendi minhas asas, dei-lhe colo e chorei um pouco, precisávamos de algo hábil a saltar nossas diferenças, lágrimas eram capazes de nos tornar em iguais – angústias são laços enrijecidos e grandes que a todos podem unir. Depois do pranto, de asas ainda paternas, comecei a servir o banquete: primeiro, dei-lhe água, umedecia a ponta de minhas penas na cuia e vertia os suaves pingos cintilantes e frescos no bico do animal; ele deleitava-se morno de prazer e alívio, aproveitava também para molhar as próprias penas, quase pude vê-lo encher de água as asas pequeninas e lavar o rosto – feito os atos humanos depois do susto e sofreguidão, lavar repetidamente a oleosidade do acontecimento e fitar a própria retina no espelho, brando e finalizado. Uma sede a menos no mundo, pensei em estranha felicidade, me regozijando pelo prazer alheio; que tristeza não ter uma felicidade só minha, uma emoção sem a mancha de outro nome.

Uma sede a menos! Claro, claro. Era o momento do pão, da espantosa carne sacra. Reparti o pão e dei ao canário, dizendo: comei e não mais sentirá o horror da fome, e não mais existirá um coração confrangido; comei do meu pão e o mundo não cairá em pura desordem, e existirão asas muito vivas e douradas guiando ao cúmulo da minha adoração. Farta-te e depois sigas teu caminho!

Eu estava convencido em todas as minhas ilusões e bondades, acreditava-me dono de todo um fato e fado, eu poderia a outra fome – quando em verdade mal conseguia desligar-me dos traiçoeiros pesadelos espreitando meses adiante, do meu desespero filial apenas aguardando a orfandade, de modo a sentir ainda a outra fome, a paterna. Como o mundo devorava a todos... mais a mim e ao canário do que aos outros infelizes!!!

Pois bem, dei-lhe comida e bebida, entretanto alguma coisa ainda faltava, os pedaços de pão era muito recolhidos, tímidos, o passarinho ainda lamentava o estado de prostração; assim foi-lhe entregue mais e mais ouro, a ganância pela riqueza do alimento, tudo estava ao toque de Midas, tudo parecia mais belo e ao alcance das asas – tomamo-nos por uma equidade lírica, só os verdadeiros poetas seriam capazes de diferenciar a plumagem de cada um de nós, éramos uma só ave, um só coração sibilando histórias, porque as aves sabem miudezas desconhecidas aos homens, como o valor da impossibilidade da manhã vencendo a penumbra.

Sei, por um remorso latente, que à altura do momento onde nos encontrávamos transitou um punhado de séculos sem perceber a derradeira linha, o grito final do desespero: quando uma mão consegue, enfim, dar-se à outra com veemência. Eu não soube o final, pobre de mim! O canário ainda piava, um ruído sonoro rasgando a fatalidade; eu estava feliz e entorpecido, tomado pela grandiosidade em ter as mãos acumulando-se ao redor de uma outra dor, e sanar as dores, estar todo raro e etéreo – dava risadas de boca muito aberta, dentes encavalados, e também ruídos, ruídos faceiros de ser um gigante sobre o cotidiano raso de outro alguém. A criatura gemia não mais pela dor da fome, agora implorava pela própria vida, reiterava copiosamente que lhe cessasse o alimento, pois todos os corpos têm um limite secreto para as bênçãos, pois até mesmo o tamanho para recebermos amor é ainda um mistério. Somos seres limitados, creio em lástima. Segui com a honraria, repetidamente levando migalhas à ave cujo bico eu abria com força e rubor; as asas remexiam-se aflitas, pezinhos pequenos e muito rosados contorciam-se no espaço de direito, o estertor mudo tentando atravessar as paredes grossas do trigo desgraçado – em vão, em vão.

De seus olhos vi sair alguma coisa como um regato de perdão ou um lamento misericordioso – e sei disso porque eu era, também, a outra criatura. Ali, eu vi a mim mesmo. Agora coexistem, o canário e o meu pai, num lugar onde a fome é uma palavra inventada e as saudades cumprem seus destinos. Mas sei que há vida, inimaginável vida que dói e sangra, rótula ferida.

Outra vez ainda digo: perdoa-me, padre.

A MULHER E O CACTO

O cacto permanecia imóvel e vivo, respirava em silêncio apático e absorto de todo o resto do mundo. Quando o sol insistia, deixava então derramar uma sombra triste e pontiaguda sobre os objetos, não conhecia nada além da própria janela, seus esporos não alcançavam muito além da morte do próprio olhar no horizonte. O horizonte era o mesmo para os tristes e para o cacto, compartilhavam apenas as memórias distantes, as lembranças com o salgado das lágrimas, a decomposição parcelada na dor em retalhos de pele.

Quando a mulher se aproximou, ela ocupou a sombra do cacto com a própria sombra – agora eles compartilhavam a solidão. Cruzou as pernas e deixou o corpo acomodar-se junto à planta. A planta imóvel e secreta – a planta que tinha o segredo de todas as outras plantas, dividindo o silêncio da separação com os aflitos, contendo a infinidade do afastamento. A mulher isolou-se e tentou também conter o silêncio dos mundos, os cabelos escorrendo sobre os ombros, a boca fina e cerrada. Fez-se criatura de desejos, olho dourado ansiando flexões de vida.

Ela olhou o cacto – ele ainda se refugiando na apatia, contando as horas da próxima demora, refazendo os caminhos da derradeira cria, a cria que nunca alcançou a tenra idade daqueles que amam. O amor escorrendo quente e viscoso na pele áspera. O amor dos cactos, a semente do homem mortificada na terra úmida e fétida, a terra adubada. E os homens que adubaram a terra não souberam a indisposição de certas crias para o criador. E foi negado o direito à vida, as matriarcas caladas no grito e no parto. A mulher esperando o parto e a criatura em silêncio sepulcral. Ah, santo Deus! Como pode algo singelo afastar-me tão brutamente do amor que excomunga e dilacera? Como amar a criatura que me põe em constante estado de loucura e morte? O amor não foi feito para os ímpios? Então pequei e precisei sentar-me junto ao cacto – velei meu próprio sono em terras desconhecidas para terminar junto ao cacto tão indiferente, o cacto sem continuar suas palavras. Por isso o meu silêncio, calo em devoção à esta coisa contraditória ferindo minha sanidade. E minha sombra é arredia e o cacto tão enorme. E verde. O horror das feras verdes e sutis, e embriagadas de esperança: aquelas retendo toda a esperança do mundo – as plantas devem conter toda a esperança, por isso falta ao homem a solução dos estratagemas, a dificuldade da retina em sentir a linha do oceano, as terras nunca possíveis do toque.

O cacto escorria lento e pesado. A mulher procurou nos bolsos o lenço seco, dobrou-o com delicadeza e enxugou a seiva. Enquanto o fazia, afastava com acenos de cabeça as indagações que lhe ocorriam, os movimentos repetidos desmembrando a intromissão na dor. Sua cumplicidade residia na castidade, era um amigo abandonando o pensamento para transmutar-se em um milhão de braços, o corpo cuja única disposição era o colo. Teve-se a simpatia pelo sofrimento – cúmplice sem consentir com crime, mas amando o criminoso. O perdão das faltas sem conhecer a verdade – a mulher tinha confiança no emudecimento dos sentimentos, confiava no que não era dito, e isso a aproximava do amor.

Os olhos da mulher estavam marejados de seiva, as outras vidas afastando-se com euforia e sem destino, embora precavidas do choro; alheias a todo timbre e misericórdia, elas abraçavam com bondade e dissimulavam a indulgência. O sol insistia e aumentava as sombras. Sombras vermelhas estendiam-se impiedosas desenhando estradas sacras. No momento da luz, a salvação confundia-se com o caminho do calvário, o calvário ainda cheio de cactos, as cruzes emergindo escuras e pontiagudas – e as outras vidas continuavam afastando-se da mulher, os raios confidentes e sábios de sua devoção.

A mulher e o cacto: suculentos e sistemáticos. O animal viu o outro reino, era estático como o primeiro encontro. O outro reino tinha os viços das paixões, era repleto de encanto e vigor, mas alheio, mas cacto. Os espinhos coroavam com inveja o reino sucumbindo à esperança, o reino onde o homem desejava o paraíso, a vontade latente de abandonar os vermes.

O cacto olhava a inveja consentida, fitava a mulher acompanhando os raios agora menos vivos e mais alaranjados, os escuros dos corpos quase esvaindo-se enquanto eram inseridos na noite quente e melancólica. O dia arrastava-se aos arranhões, o dia mais quente, o primeiro e o último momento do amor – conhecer o coração com os lábios tocando a carne, beber aos goles sem vampirizar o amante, e despedir-se rasgando o peito.

O cacto, com inveja e indecência, conhecia o futuro da mulher e a despia da verdade. E todas as mentiras estavam acumuladas no berço da razão, a veracidade da flor na insinuação dos primeiros botões. A pele desenhando-se em intervalos de vermelho e dor, os pontos quase tocando a superfície do ato; então ela engoliu o ar e o expirou deixando cair um grito tímido e antipático, feito um susto gelado e platônico ao encontrar um estranho pedindo abrigo.

Parecia paixão porque ardia, mas os espinhos cruzavam o horizonte da epiderme – então era amor.

A ESPANTOSA DESCOBERTA DE ROSA

Trata-se de um acontecimento comum: certa vez, livre de qualquer pretensão, busca-se a coragem no âmago e as coisas nunca mais têm a mesma imagem.

Rosa sempre foi moça muito quieta, acanhada em todas as magnitudes, depositando com recorrência olhos insatisfeitos sobre todas as coisas que lhe cercavam. Corria com o vestido afoito, mas parava ao deparar-se com uma linha transversal. Cruzar ou não o horizonte? E se me virem? E se alguém buscar pelo meu nome e não mais estiver ao alcance daqueles lábios que chamam? De forma a não prosseguir, retornava sôfrega e galgando sem maestria. Quando ofereciam uma fruta, lábios cerrados e consternados. Quando precisava atravessar pontes, vertigens viscerais. Apática na ditadura da própria vivência. Não exigia muito do mundo – e da mesma forma, o mundo parecia esquecer-se da moça – embora em raros momentos, ficasse toda satisfeita ao pensar algo como: se houvesse sempre pungência, palavras rígidas no rigor do corpo, seria ainda mais rubro o rasgo da vida. Em todo caso, a mãe ignorava seu recolhimento justificando a distância pela timidez. Assim, a moça seguia. Ou não. Era objeto posto, a redoma do próprio pensamento preservando a falsa candura.

Com os dias valendo-se das surpresas das horas, a mãe recebeu um convite para uma festa de aniversário. Sem disponibilidade para o evento, a mulher pediu que a filha comparecesse em seu lugar; uma festa onde Rosa era desconhecida por todos. O estômago da menina revirou por uma centena de anos, a antipatia em servir aos outros, a pouca afinidade às celebrações. Na obrigação de cumprir as ordens, a mãe advertiu a importância de sua presença em desgraçada ocasião: é uma amiga de uma amiga, costuro pra ela.

De tal modo, foi.

O cômodo reunia as pessoas em superlotação, convidados espremiam-se nas paredes, davam longos goles nos sucos e barbitúricos, abocanhavam ferozmente os quitutes. Balões e mais balões coloridos estendiam-se pela sala, formavam arcos nas portas, ameaçavam o brado a qualquer instante. O caos e a algazarra desenhavam-se satisfeitos naquele ambiente, o som constante de vozes que chamavam, dentes sorrindo espaçados, abraços martirizando o senso recluso da moça. Todos quase se divertiam, a generalização não é permitida pois Rosa aniquilava um pouco os ares festivos vertidos pelos convidados. Assim, quando a festa parecia dar uma guinada, todos fitavam Rosinha recolhida num canto amarelo e, em seguida, deixavam-se cair no lamento. Quem é ela? Perguntavam abaixando o tom das vozes para depois retornarem às celebrações, o mundo ainda esquecendo-se daquele resto de vida, daquela fome inexata.

Noite alta e depois dos primeiros instantes, era chegado o tão esperado momento, 'cantar os *parabéns*'!!! Todos reuniram-se ao redor da mesa de doces, eram aromas cumulativos, preces, gritos, lábios salivando celebrações, um estouro de balões-mundo, a aniversariante ocupando o ponto central das afirmações, e o bolo esperando altivo. Rosa olhava desconfiada, o que fazer na hora da ceia? Como aceitar um pedaço do bolo? Bem que podiam me esquecer aqui, pensava esperançosa e aflita. Nunca tivera a coragem para os grandes feitos, navegar sem o consentimento das embarcações, arriscar-se ao amor sem o querer da verdade, pela pura e simples diversão do ato – cristalino e raso, como os que mentem a mais-valia. Era acovardada, aninhava-se pelos cantos como a besta acuada, mordia se outros dedos a tocassem, se um homem detinha copiosamente seu pensamento. Acovardada, nunca provou de uma fruta sem sentir-se culpada ou livre de preocupações: o medo primitivo e constante de engolir a semente.

"Mais alguns minutos e encerra-se o drama, acalme-se. A aniversariante soprará a vela, e no apagar da chama tudo estará terminado. Vamos, aguente mais um pouco. Mas... e se a vela acender outra vez, assim, de repente? Feito uma ousadia do destino, por insistência dos anjos em me enxergarem tão angustiada, tomada de tamanha tortura. Como negar ao fogo o próprio combustível se alimento os dramas com minha falsa resignação do querer? O elemento que abraça o princípio e o fim, fogo: em ti o tudo e o nada na residência alta das eras passadas. O que fazer? Fugir? Para onde? Para os braços de quem? Como consolar a memória de tão enfadonho acontecimento? Uma chama retornando sem permitir a transição para a próxima idade, desalento similar à descoberta da primeira tragédia: na infância, derruba-se alguma coisa e só então é possível compreender que as coisas também se quebram!!!"

Na sala, Rosa via o bolo. Num ato extremo, tomada de uma coragem única e nova, avançou entre os convidados até a mesa de doces. Muitos braços afastaram-se em susto, olhos pesados vigiavam a menina que partiu o barulho da canção que ecoava, '...*muitas felicidades, muit*..."!!!!! Tomou o bolo, protegeu o alimento com as suas mãos enquanto todos caíam estarrecidos, a aniversariante vermelha e colérica em virtude de tão absurda ação. Por que o bolo e naquele momento? Se existem outros bolos e infinitos intervalos de tempo, era mais sensato conservar a lucidez. Seria este o fado da moça? Roubar o bolo de aniversário de outra pessoa, tocando para sempre naquele instante? Porque enquanto sucumbia à loucura, tocava também no âmago de todos os convidados – desacreditados da frágil estabilidade. Se existe todo o corpo para ser tocado, por quê ali? Por que uma coisa nos encontra num ponto tão específico? Por que o amor, essa imensidão, não abraça o todo, mas a parte?

Sem demorar-se na solidez da situação, dirigiu-se apressada com o bolo para o quarto mais próximo. Entrou e cerrou a porta. Estava contente e ofegante, o sangue quase brotando dos poros pela força da coragem há pouco descoberta. Chorou de uma aceitação materna, imaginando carícias e compreensão. Chorou e, em seguida, acolheu a poesia salgada escorrendo pela face; enfim compreendeu quando diziam: vida e morte vêm sem aviso prévio – ferrenhas, viris, são fatos ardentes criando asas em nossas coragens.

Pagas as dívidas lacrimais, todo o resto estava perdoado. A justiça valeu-se sobre o suor das retinas, estava perdoada a exaustão da íris. Os olhos continham saudades do tempo onde poderia ter sido bravamente corajosa. Enxugado o pranto, veio a fome!

No quarto, comeu o bolo por inteiro. Já havia comido outras coisas inteiras, quindim, tortinha de maçã, pão de queijo, mas nunca um bolo. Estava sozinha. Percebia somente a vigília das sombras passando rasteiras pela fresta de luz na porta, sombras que viam e lábios que calavam. Os murmurinhos cessados na curiosidade em saber quem, afinal, era a criatura que tomou para si um amor que não era o seu.

O ABANDONO

Suas mãos grossas insistiam nas peças de seda dobradas e colocadas para descansar dentro das malas, resistia a vontade da entrega do peito junto às peças, pois ao homem era permitido somente a força bruta, o amor sempre muito bem lapidado, as certezas póstumas e preservadas através do tempo nas pedras sagradas; nunca o voo desprendido do alto, mas a queda em chamas e certa em tudo aquilo cujo o espaço não foi capaz de conter – por isso a gravidade dos fatos.

Ele acendeu um cigarro e afastou a fumaça sobressalente com as mãos, pensava em como abandonar a casa com o desejo ainda tão ardente. Como despedir-se do que é ilusório e sorrateiro? Como transitar entre tudo o que contém a própria identidade sem perceber o calor emanado dos objetos ainda tão ordinários e humanos? Ficavam os dedos tateando no escuro do adeus, procurando desenvolver outros sentidos: talvez sorver cômodo ao redor através do olfato, talvez apenas serpentear com o paladar mais aguçado, sentir as cores das coisas. O cigarro fumegava e a brasa caía entre os dedos até o chão, os passos afastavam as cinzas com pressa e temor enquanto as mãos cerraram vorazmente a boca gritando por mais alimento. Fez-se o silêncio.

Os olhos estavam cansados e a despedida prolongava ainda mais a mistura dos dias com as noites. São assim as despedidas? Uma criação atemporal da lágrima? Que lástima, que lástima. O homem correu os olhos pela janela – a janela morta e opaca, a vida mortificada entre os raios que se despediam e o sol mergulhando sem ânimo no horizonte. Era um homem com os olhos pequenos e os sonhos muito grandes, mas deveria abandonar o peso dos próprios ombros e saber o próprio amor antes de desenhar uma estrada; as estradas dando em lugar algum caso o mapa não seja traçado com o gosto e o carinho pelas próprias entranhas. É preciso amar e fazer-se humano quando as próprias vísceras sucumbem ao ato final, tornar-se o avesso de tudo aquilo que as roupas e a igualdade não foram capazes de suspender. É preciso permanecer intenso e sereno nos dias mais quentes e vermelhos. Há a compaixão do próprio corpo pelo intenso do azul, o azul nos sugando e fazendo-nos desejar o inesperado das últimas horas, o suicídio da própria luz e direito. Por direito existem os dias mais curtos, e os prolongamos por necessidade às suas agonias, transmutamos a própria escuridão em restos que cintilam e permitem a continuação do trabalho árduo e asqueroso – o toque no próprio coração, conhecer a geografia daquilo que em nós reside em respeito mútuo; e ainda assim queremos os sonhos que só podem ser se... ainda assim queremos as noites e maldizemos os dias. Em nós, tudo aquilo secreto e vazio exige a compreensão, a compreensão para as próximas palavras, para os próximos ensaios: um sonho é uma incompreensão sufocada entre o esôfago e outras entranhas, cria-se espaço num corpo todo feito de ilusões. A compreensão precisa do vazio. O sonho precisa do vazio para estar e acontecer, sonho nenhum cresce na raiz de outras vontades.

Ainda atônito, os restos do cigarro espalhados no chão, a própria vida buscando um quê de motivos, o homem lançou por cima dos ombros um olhar sobre o animal repousado na cama, que consentiu sem pestanejar. O animal tinha consciência da finitude do amor, por isso amava e despedia-se com querência e prazer, amou sem a imposição das ilusões, sabia-se inerte depois do derradeiro suspiro, mas não respirou, de modo a fazer o próprio coração bater um pouco mais acelerado. O homem respirou com compassos de pressa e ardor, e logo assoprou na boca da criatura: ele respirou e agora o coração tinha a batida mais tranquila e apática. O animal teve amor, e a mulher espiando também amou – esperando que dentro de seus lábios também fosse vertido o antídoto.

Amar era poder assoprar passionalmente a própria imensidão, e era isso o que ele queria: o abandono da própria virtude para existir tão somente no outro, deslizando apertado e escorrendo dentro dos caminhos até o cerne da criatura; descobrir a anatomia com o amor e nunca dilacerar a carne; espremer-se entre os músculos e trocar a própria pele na permutação do cristalino ao púrpura. Permitia-se entre o divino e o real, ciente que do barro extrai-se também o próprio suspiro, o barro ainda sussurrando as últimas palavras e ditando às artes os pontos onde a inspiração deverá criar os primeiros poemas.

Deu-se por uma inadequação ao mundo, por uma ideia vertical a fim de sair da horizontalidade da casa resumindo a rotina, estranhamento de berço: precisava das grandes fugas. Buscou as chaves no bolso do paletó, as mãos compadecidas do ato, cheias de suor e lágrima, e o rosto avesso à própria loucura. A mão tinha insanidade e arrancou brutalmente a chave unida ao tecido. Uma linha rompeu-se triste e indignada, indagando a própria morte enquanto tentava demorar um pouco mais a despedida, enquanto tentava segurar o restante do dia até a porta cerrar-se definitiva e inteira. A linha tentando perder a chave, o motivo e as vontades do sonho, porque sabotar a própria caminhada parecia cruel e desalentador.

Todos os ouvidos seriam capazes da própria surdez pelo justo motivo de não conhecer a história do homem que traçou uma fissura no próprio desejo, apenas para não alinharem-se ao esdrúxulo fim, ao homem que ficou à espreita do abismo – sem nunca conhecer a queda, sem nunca conhecer aquilo que os olhos alcançavam com fragilidade e temor... e vergonha. Mas a linha foi sonsa e frágil, e sempre existirá uma linha que poderá segurar a vontade e o medo do abandono, as linhas que adiam os passos e nunca darão às fechaduras o sabor do encontro, as linhas que são amantes e sequestram a fatalidade dos planos. Ainda as almas boas existem e figuram nos corpos de barro, rompe-se a linha para o sonhador caminhar ereto e viril.

Tinha o abandono e a necessidade em ruir-se através do vão da porta, e romper as linhas sem aniquilar os sonhos, sem conhecer a maldade do mundo; queria os grandes atos embora desejasse manter o corpo desprovido de qualquer maledicência. E assim, quando atravessasse qualquer coisa como o dia, saberia a própria completude, e só então verteria estas efusivas palavras: amei por pura inocência, carrossel de rotinas e descobrimentos. O abandono que se fez cotidiano. Amei por pura inocência.

Os membros troncudos espiavam o portal. Seus pés tocaram o mundo e a casa estava quase vazia: ainda o animal e o sopro.

NO VENTRE DA DOR, VIVE-SE!

Era uma menina triste repousando ao pé do morro. Globos grandes espiavam os degraus se acumulando, depois descansava as palavras enquanto o morro formava-se frente ao teu corpo pequeno e enxuto. As pernas magras não conseguiam alcançar a força necessária para dar vida aos movimentos. Uma sequência brutal de suspiros amontoava-se no peito, a finitude da tristeza escorria entre os dedos das mãos – o suor desenhava o tempo nas linhas do rosto, a exaustão das palavras cobria dos ombros até o calcanhar.

Os olhos – agora mais abertos e sobressaltados – abraçavam a montanha, mas nunca o fim, nunca o inesperado, nunca o desejo. Porque o fim é uma expectativa cultivada na esperança e a esperança é a saudade do futuro, a saudade das horas que ainda serão riscadas nos ponteiros do relógio: a esperança é um segredo católico, um lugar onde é permitido apenas tatear no que é vasto. Para a menina, esperança era o escuro da noite.

O infinito viu a menina e ela caiu com brutalidade sobre os joelhos, avançou contra o chão feito uma santa – e as pernas fracas encontraram o vermelho da sagacidade. Como na tentativa de redimir-se dos pecados, voltou os olhos ao chão e descansou as mãos no peito. Agora sua vergonha era guardada por algo imenso. Ela pressionou com mais força as mãos e sentiu o coração com a ponta dos dedos, os membros quase atravessando a carne com paixão e voracidade. Era preciso consagrar-se na dor e conhecer o próprio corpo. Abaixou mais um pouco a cabeça comprimindo toda a sua apatia em uma só existência, como se fosse possível a redenção de uma vida inteira no momento da queda, como se fosse possível crescer asas sem antes ser amante do que é azul e celestial.

Com fúria, recolheu os lábios, imitava um animal segurando a presa entre os dentes, bebia o sangue da própria vítima e permitia ser acariciada com desconfiança. Sua feracidade era de uma cólera humana, um mal residindo em silêncio no íntimo de sua verdade, um amontoado de mentiras desdobrando-se em paixões estrangeiras. Teu silêncio era catártico como os primeiros homens. Ela era uma das primeiras mulheres, e ela era um dos primeiros silêncios e gemidos que foram esculpidos. Sabia: viver é a primeira gravidade humana.

A pele era uma parede branca e desenhada, uma memória arcaica e primitiva. Teu amor era o primitivismo das sensações, só atravessando algumas eras conseguiria alcançar com segurança os primeiros poemas dos lábios, só atravessando o tempo conseguiria abandonar o toque de tudo o que era amável, mas nunca sólido.

A liquidez da consciência ocorreu-lhe mais uma vez, os pensamentos brotavam em jatos rubros e pueris enquanto procuravam um caminho para tudo aquilo que busca a ausência e o consentimento. E o vermelho escorria entre as pernas até o ponto de encontro dos joelhos.

Quase sentiu, com o findar de uma respiração, sua alma esvair-se feito lembrança, feito a fumaça circular que desenhava a baforadas. Então cobriu com o tecido do vestido um pouco daquilo que jazia inerte, enxugou com veemência a transmutação do próprio alimento.

— A vida e eu somos de um só tom, acudiu-se em pensamento, voltando a pupila para a própria escuridão e caos. Sua angústia residia no íntimo do grito, era uma menina com uma angústia solitária: a solidão consumia sua bondade e, com um sopro, dissipava o fogo que ardia. Com poucas cinzas ela riscou um caminho até o próprio inverno, mas nunca verão.

Encolheu o corpo ainda mais. Os cabelos quase podiam tocar sua pureza e cobriam com secura o rosto magro. Sentiu um amargor percorrer os lábios e saltar pelas dobras do queixo. Sabia que o choro não era uma tristeza sozinha, mas lágrimas abraçando-se para a fuga e consolo. Um lamento é uma jura abandonada, um perdão concedido no instante do salto, uma palavra dita às pressas acompanhando apenas a demência de emoções tolas. Um lamento é também uma estupidez, um resguardo das lágrimas – ou apenas uma lágrima correndo sozinha porque precisa da liberdade, porque não suporta o respirar das outras ideias, é uma ousadia. A solidão de uma lágrima será sempre um brado secular do peito.

Fez-se inteiramente de perguntas, embora não buscasse necessariamente palavra justa a explicar o quase final veredito da dor – talvez porque sempre desejara sentir tudo e a todo instante. Sempre quis alguma coisa, um desejo sem o nome vívido da consciência – e por isso não podia ser uma resposta, afirmativa pungente ou alta exclamação, porque assim terminaria toda a sua poesia e, por consequência, a própria vida. Vivo por um mistério, pensou, e enquanto eu estiver uma questão inteira, o mundo permanecerá possível.

Descansou o próprio peso sobre as pernas e o infinito tocou em seus ombros. Áspero, o corpo debilitado ilustrava uma vírgula e, aos poucos, pendia-se lateralmente – como se o mundo fosse uma grande folha de papel em branco e sua brandura e mesquinhez precisassem de um ponto singular no espaço.

Sentiu outra vez o gosto daquilo que é amargo. Quis o mar por entre os olhos, e tinha na geografia do rosto, desertos de sal.

ASTRO-REI

— Quero ser mãe, exclamou com pulso e artérias, calor e emaranhado de vontades.

E se engolisse a gema do sol, o que seria então? Bebendo dos raios e da bolota gorda e amarelada, no desconcerto da anatomia, iria a gema ao estômago ou ventre? Seria o alimento cru ou o fruto? Poderia ser mãe, mas mãe de quem? Do mundo ou do primeiro faraó que amou o Egito, ora. E com a sua mão grande ascenderia a gema ao céu e ela desataria em luz. Sem nunca perder a humanidade? Não! Não, porque sua humanidade já não mais poderia existir, não depois de ter engolido a gema: ela que roubou o sol. Ela que teve a fome dos poetas em querer tudo aquilo que não tinha, porque faltaram as palavras líricas, então precisou ser mais do que a própria escrita, concretizar a matéria forte e latente com suas ondas escaldantes fazendo de si mesma o exato oposto do espelho. Não, não em sua humanidade de querer-ser. Não se é alguma coisa, a coisa é que nos faz: e a gema fez o inimaginável, a mulher engoliu o sol porque o mundo não mais a desejava, precisou voltar ao ser primário, viu pela primeira vez aquilo que é amarelo e quente; e só então o mundo tocou-lhe os pés, e seus membros fulguravam pesados pelos palácios onde residia o homem que a amou.

Uma coisa, porém, permanece certa: amanhã virá um sol de rubro querer.

DA CIDADE FELIZ

Dizia-se de uma cidade feliz, como se a felicidade fosse, por si só, a exaltação sublime alcançada a contragosto. São felizes aqueles que amam? Amava-se na cidade, em verdade era, então, feliz.

De fato, a Cidade Feliz tinha o prazer em ostentar o nome, valia-se dos predicativos nas ruas retas, nos silêncios ácidos e pessoas tortas. Não poderia o mundo ter criado outro lugar com tamanho desgosto e compaixão. Na amabilidade de alguns poucos, a virtude paradoxal ao amargor: podia-se beber de selecionados olhos – sem ferir as ordens, sem ordenar as injúrias. Assim, não queiras o mundo bom, posto que a retina também mente a face que se aproxima, se o próprio gozo dissimula a primeira ideia do encantamento: existe o querer pela coisa até o momento exato da desilusão, porque tudo antes é a construção da ideia, a monotonia em acreditar o outro em sua fragilidade de canário pouco ciente das próprias asas.

Se de antemão já não posso chamá-lo de meu mundo é que, portanto, solidifica-se impossível sabe-lo bom ou qualquer outro adjetivo a ser confabulado em célebres buscas. Eu preciso conhecer o mundo antes de lhe atribuir quaisquer respostas. Tenho para mim que conhecer e rejeitar alguma coisa transite por três estágios infiéis às próprias amarras, desatando assim o ato que mantém a ordem natural: um precede o outro, embora saibam-se de casos onde a desordem é o elemento primordial da inacabada configuração dos eixos. Atam-se as duas pontas de um mesmo laço e não existe a garantia do círculo, o círculo que se fez mundo ou descoberta primitiva, quando dedos grossos se esticam no interior da forma e criam um ovo – o ovo é um zero: o início ou o fim de alguma coisa, o tudo ou o nada – e valendo-se dos indicadores e polegares, um quadrado, a criação ventricular. Os quadrados têm o meu respeito e admiração porque eu também já fui quadrado. Quem é que nunca esteve – no singular minuto de um opaco relógio – quem é que nunca esteve um quadrado na rigidez temporária da primeira forma? Quem é nunca esteve um quadrado e negou a descoberta derradeira? Na primazia das pontas, gera-se a definição, O Quadrado, ferindo por estar na ideia animalesca do nascimento. Rola-se nas grandes areias pelo único motivo justo de moldar as arestas e não mais ser um artigo definido.

Os três estágios precisam ser ditos porque a existência das fases deu vida ao primeiro homem, e agora – oh e agora, agora também o primeiro círculo que findou a aspereza da forma genitora – o quadrado.

O primeiro estágio fantasia o mecanismo retrátil das garras, a criatura sorri com ares de recusa, mas sorri. A paixão desconhecendo o remetente. Ordena-se de um livro que seja outra coisa e ele perde, desse modo, o tino e o merecimento: pois deixou de ser a primeira verdade, e já não mais pode com a própria consciência: ser aquilo que esperam de mim – a primeira ideia do ventre – ou crescer pela existência fatual? Não o sei. Tampouco sabem os outros de si mesmos ou da gema ensolarada.

O segundo estágio bendiz o animal quisto de si mesmo avançando sem conhecer as águas profundas, é seguro de si até aproximar-se das desejosas bordas escorregadias – o quadrado da noite escura, da jocosa confraria que é viver negando a abrangência sublime dos fatos, porque existir é, deveras, trabalho vindo do primeiro estado latente. Pois este é o momento no qual se enaltece a bestialidade dos homens, o prazer secreto em romper com aquilo que é imposto – não mais a submissão do primeiro estágio. Certa coisa é calma porque cantaram: uma coisa calma? Não. Por consequência, negar a imposição permite abstrair-se de todo o resto. Por vontade própria é possível avançar e tornar qualquer imposição em vasto caminho. O segundo estágio é também a própria terra limitando o espaço entre a vida e a morte. Um mundo vivo? Talvez. E assim, terra, tudo resiste na incerteza de ser a tua nossa compaixão.

O terceiro estágio me assusta com seu grito de alerta, e eu fujo – Deus, como eu fujo dos meus semelhantes, como posso evocar os santos se eu beijei a minha própria face? Deem aos narcisos a benevolência e o perdão, e a coragem para o salto maior do que a própria queda. Existe, ainda, uma pergunta sem resposta, um animal que desconhece o próprio sono, a própria força – lábios de canção, de fera que canta e chora, o pranto na linha da vida. E a pergunta sem resposta, ainda. Meu mundo sem aurora, sem espelho, sem o rosto da resposta: a pergunta resta. É uma pergunta minha, um segredo latente impossível de se compartilhar, porque dizer a minha interrogação é deixar meu rosto nu. Eu, eu que amei apenas por compaixão católica a tudo o que me era oposto; então já não posso odiar quem me alcança, porque o outro me nutre com seios fartos e um colo manso, porque fui carregado para a grande chuva e o céu entornou a minha única água, as únicas gotas deslizando no meu descontentamento. E engoli colericamente aquilo com meu nome esculpido em letras curvas e disformes, porque eu tinha sede, porque o terceiro estágio não nos redime do sofrimento, é o exercício final, o prelúdio daquilo nomeado calvário: e um homem adornou o monte com agulhas e morte, a torrente findando a desejosa tarde enegrecida quando os ventos são lisos e as árvores mais bonitas (...) e depois, poetizar algo assim: que bonito é uma árvore em dança, recobrindo as folhagens com vestidos de ar. Como amo a euforia das tempestades, o último fim – aquele que excedeu o dilúvio.

Eis a cidade em toda a sua nudez, a cidade que alimentava com repúdio as descobertas, cerrada no ponto central de montes sentinelas. Eis a cidade retorcendo-se enquanto revelo sua anatomia e podridão, porque eu também aprendi a profanar o que não era possível do toque, os amores ou o perdão. Eis o estapafúrdio nome talhado em ocre, a palavra irônica cobrindo os rostos dos moradores espaçados. Pessoas longas e inexatas, uma massa incólume de gêneros baldios movimentando-se sem reparar nas grandes nuvens trovejando para calar a orfandade dos atos. Cegos seletivos, não transgrediam a mira dos olhos, eram encarcerados na ansiedade de tropeçar nos próprios medos e, por isso, nunca iam além do primeiro estágio. Cale a orfandade dos atos, horda lamacenta!

Tombada por cores oleosas, um deserto inteiro não seria capaz de encontrar narrativas a conter a vastidão seca das criaturas – suculentas e medíocres – habitantes daquela cidade ou o pudor gotejando das bolsas cheias das laranjeiras. O amontoado de casas desenhava-se obediente sem nunca arriscar as bordas da moldura; imóveis, sustentavam a própria fragilidade negando o gosto amargo daqueles que espiavam perguntando-se "Quem, afinal, ali reside?". Fala-se de um rei soberano e raso; ou de um boticário que vendia sementes nunca conhecendo o zelo sacro do próprio ofício; ainda contavam as crônicas de um outro alguém, esse sem jamais vangloriar-se pelas letras em capital que lhe foram atribuídas: ALGUÉM! Era próprio e a unicidade não fazia as vezes da salvação, ao contrário, o nome conferia-lhe ares de culpa.

De pouco a pouco vais conhecendo melhor a cidade que tanto amo, esta mesma cidade faz-me tanger os dentes na toada da escrita. Não posso falar da cidade sem acusar-me, porque eu também a fiz em derrocada e quis ter posse de toda a tragédia; por isso escrevo. Confia em mim, peço em adoração, confia e logo surgirá a história dos montes, o lago derramado pelas chuvas, os bares, as bancas de frutas acenando e as orações ordenadas de alguns pobres coitados. Mas vamos à história do menino.

OS DOIS SONHOS

Fazia verão e ela não conseguia escutar o azul do céu. Uma imensidão seguia a árvore mais próxima, o corpo repousava inerte e insosso sob os galhos raquíticos e silenciosos. As palavras mudas escorriam pelas folhas e tocavam a menina feito gotas cristalinas e tristes, figurava entre as lágrimas a catarse de uma vida inteira, de uma manhã sem o contorno dos primeiros raios, de uma tarde conhecendo apenas a brancura e leveza dos primeiros lençóis. De súbito, sentir tornou-se uma ação sem a espinha dorsal da esperança maior, um ato livre de si mesmo: o dia-a-dia era de uma inteireza própria, sem as incursões emotivas justificadas, sem os veios hiperbólicos ou eufêmicos da alma.

Esticou os olhos e desfez-se do primeiro sonho.

O primeiro sonho caiu feito um soneto, e estrofe por estrofe o fio rompeu-se. Em uma inspiração coube a indecência fiel das últimas palavras; ela observou com voracidade e fome o caminho que seguia da árvore, as pedras tortas alinhando-se na poeira batida e calada. Ainda o silêncio, ainda a devoção. Os joelhos ergueram-se e ela respirou com pulmões de borboleta. Estava de pé. Sem alcançar com a ponta dos dedos os ponteiros do relógio, ela atravessou um dia inteiro sem existir no próprio pensamento, caminhou na sombra por todos os anos que espiavam através dos intervalos atemporais da própria poesia e querência. As sombras observavam mudas, os passos eram curtos e a poeira outra vez batida e amarela. E o rosto amarelo e a fome. Ela apertou a barriga e fez-se o ódio, um ódio comum aos que se doem pela fome, àqueles onde o desejo animal é maior do que a célebre vontade de permanecer na castidade.

Na sombra, permanecia um resto de luz porque ela não soube que os próprios demônios jaziam em segredo póstumo. Deram-lhe uma vida de borboleta e ela queria asas de pássaro, queria o remédio para o mal que consome e liberta, para o único mal que dá vida e suspira. Era uma espécie de vivacidade pouco encontrada: vestido de crisálida solta, quando as próprias asas cobriam as ranhuras da pele. Ela queria alcançar o céu com a dualidade das asas, a fragilidade das cores e a força do canto.

Precisou encolher um pouco as pernas, e agora alguns tímidos e poucos raios de sol insistiam contra a sombra da árvore. O que era seguro e confortável apertava um pouco seus emudecidos gritos, vozes de quem já não mais espera, vozes de quem a esperança tornou-se substantivo parco e sôfrego; na romaria das sensações, a esperança distante e alta, feito uma santa.

Uma centena de mãos cobriu-lhe o rosto e sufocou a respiração. Os galhos remexeram-se, a menina dobrou um pouco mais o corpo e completou a continuação do tronco com a própria ossada. O vestido tinha fiapos e pontas soltas, a continuação da própria carne fundindo-se à pele acinzentada, a pele de quem guardou todos os sentimentos e tentou conter toda a imensidão das águas e segredos de uma vida inteira. Imenso é sempre aquele que não derrama suas mazelas e dores? Dores que criam asas, borboletas que – também – são: belíssimas, frágeis na brevidade de suas vidas. Porque é preciso um peito alcançando verões muitos horizontais, grande o suficiente para tão vasto embargo de lágrimas. As mãos frias seguiram a linha até o ponto onde os dedos podiam o suicídio.

Desfez-se do segundo sonho.

O corpo gelado ultrapassava a castidade e ela caminhava sobre as águas, os passos largos e o mundo inteiro submerso; restava somente a certeza do coração, ela tinha no peito o último amor e tocava com sutileza o sal. As águas pareceram-lhe grandes demais e uma mão segurou seu último passo.

Ainda a dualidade das asas, ainda a respiração que não lhe permitiram. Como sufocar as próprias palavras se nem as águas mais profundas puderam cerrar o ar em seus pulmões? Deixava impressões no colo do destino e ancorava-se ao amor, segurava o sentimento como quem segura a cria, como a criatura que envolve o ninho e sorri com dentes de aviso e desprezo – a dissimulação da felicidade e apatia.

Mergulhou até encontrar as cidades perdidas, o corpo frágil arrastando-se no atrito com o azul. Mergulhou até tocar o fundo do próprio pensamento e coração: são as águas proibidas, as águas onde o mergulho é a própria morte, onde encontrar-se é uma despedida, onde talvez possa-se beber do líquido da consciência de que só se vive por um único amor, onde há a sapiência de que amar é despedir-se de si mesmo sem quedar próximo aos altares de realeza e salvação.

Porque ela amava e descansava no colo do próprio sentimento. O amor afastou a centena de mãos e deu-lhe a respiração, então ela respirava!

O INSTANTE ENTRE OS GIRASSÓIS

Os dois velhos, depois de longa caminhada, ficaram inteiros descansando à sombra de três árvores; as três árvores esticando os braços e fazendo a metamorfose do tempo.

O primeiro velho segurava o queixo com uma das mãos enquanto fitava o céu. Pensando no quê? Impossível atrever-se nesta representação mental, local sacro e individual. A outra mão seguia apoiando-se ao banco, era preciso alguma firmeza, era preciso algo para sustentar a sutileza de um corpo com pouco afinco pela própria estabilidade. O primeiro velho murmurou palavras tristes e cansadas, "ah, mas é que a sombra das árvores me faz tão bem, para que a exposição ao sol?"

— O que resmunga, velho? perguntou o segundo, com ar de desprezo e força; troncudo e ranzinza.

— É tempo, exclamava ainda esticando o braço mostrando o relógio de pulso ao homem que figurava atônito.

O primeiro senhor continuava admirando a imensidão com calmaria e desgosto:

— Mas a sombra das árvores é tão macia, eis aqui um corpo com ossos fragilizados e duros. Louvo os músculos imitando cadavérica rigidez. É tempo, eu sei... quando eu me for, o tempo será outra coisa bela, outra tragédia – e minha alma-poesia, este organismo inteiro, deverá encontrar outra casa.

Ele tem olhos tão mansos... posso ir aí tocá-los?! Poderei sentar-me à sombra das mesmas árvores e compartilhar o mesmo instante infinito? Olhos alvejados e fartos, olhos que se depositaram sobre tantas coisas e pessoas, os olhos mais ricos já vistos.

— Vamos que é tempo, repetia, as mãos indicando os ponteiros passando ásperos, o semblante vigiando com saliva e ardor.

"Pois vamos! É hora de regar os girassóis."

O segundo velho ajudou o primeiro a descruzar as pernas, fez um esforço e verticalizou o esqueleto do homem.

Ah!... então é assim? Vem alguém e nos verticaliza? Feito missão angelical? Estão perdoadas todas as minhas dívidas? É que minhas angústias pesam os calcanhares e esse pano alvo já não resiste tanto ao sol, o medo de revelarem meu rosto ao mundo. Meu rosto nu e os raios da estrela em face rubra e enrijecida. Contudo, estou calmo, preciso somente caminhar até a sombra das três árvores e esperar por um outro alguém. Lá escreverei outra coisa, mais sábia, talvez. Terei a sabedoria de passos alcançando pouco além da linha marginal e olhos buscando pelo animal no escuro. Direi como vejo uma outra pessoa aproximar-se com violência, poderemos caminhar e terei forças a fim de tentar outros movimentos com o esqueleto. Alguém surgirá e me verticalizará! Sim, sim, alguém virá por mim. Salvem os anjos, que engenhosos!

Agora os velhos davam risadas, riam em segredo para logo mostrarem os dentes nas bocas muito abertas. Afastaram-se lentos, com angústia e rancor. No vão da despedida, o mundo caiu em desolação, derrocadas sutilezas no tom mais jocoso da pele – crer na esperança e cair atônito em meio às coisas comuns, na inutilidade, existências feitas de vivo sangue banal, aquele riso rouco-louco apontando fracassos. E o mundo caindo em desolação? Perguntou-me irrequieto pensamento – sim, porque o querer me é uma intransigência.

Restou-me, como pobre consolo, negar o tempo, as previsões e, finalmente, perceber a efemeridade de minha verdadeira carne, fato de memórias: sou a observação de um instante, volúvel na amabilidade da outra retina, porque o imprevisível é o alimento dos girassóis.

PRIMEIRA CARTA AO SUPOSTO AMOR OU DA CÓLERA

Supostamente meu e querido amor,

Escrevo porque há tempos não consigo a gratuidade de amar-te pessoalmente, pois tua retina não mais procura pelas palavras que saltam de meus lábios. Faz dia aí, também? E verão? Porque todas essas chuvas já não me bastam, esta água boa alimentando o som repetido de minhas vozes, o mormaço diminuindo ainda mais a importância dos dias, os dias que têm mentido sem lástima alguma o meu querer pelas coisas. Eu que já não quero as coisas. E você? Continua a querer do mundo exatamente aquilo não pude lhe dar? Por onde andas, exatamente? Porque já não te encontro mais naquele resto de casa, naquele desvario consentido de minhas lembranças.

Te escrevo também por outros motivos, por este ódio doutrinado que tenho sentido. Meu terapeuta disse que tenho odiado o mundo, veementemente, que tenho odiado como odeiam os imortais, os deuses. A culpa não alcança meu estômago, meu sangue corre ainda livre, acompanha o vento – e eu não quero ser vento, eu não quero perambular sem destino. Se um dia pedi pela liberdade, mudo minha prece, não quero estar por aí, não quero o acaso, não quero alçar voo, algemei minhas asas, estou tão pesada: mil toneladas, uma porção de sentimentos amontoados, pecados e sonhos; memórias de peso gigantesco cultivadas na inércia.

Quero que saibas: dia desses a vida veio de repente e foi um barulho, e foi arrebatador. Vamos ficar aqui, confessou-me, vamos falar de nada e café, depois poderás deitar e mentir a realidade, e sentir a grandiosidade, pois você é menina e pueril. Do quê? De quem? Até a finitude nas palavras proferidas me soam inóspitas e inexatas, lugar onde jamais poderei a sapiência. Estou farta de enigmas, e nem a própria vida parece importar-se com a simplicidade das orações. E se a vida me acontece como um fato, onde é que fujo da obrigação de segui-la como a um fado?

Quero a liberdade para odiar e não me justificar. São livres somente os que amam? Amor e ódio não compartilham da mesma matéria-prima? Minha matéria-prima é a palavra, e tenho ódio, portanto, o ódio é a minha mão sobre o amor, são meus seios sentindo a pele do mundo, é minha imensidão de mulher caindo sobre o colo da terra. Choro em segredo porque minhas dores seriam tão exaustivas ao mundo... a confissão é meu maior tormento, a covardia de não dizer absolutamente nada sobre minhas lágrimas é o que me separa do resto, por isso me deixaram de lado na colheita do trigo, por isso excluem meus sentimentos, por isso choro em silêncio casto.

Então peço licença para odiar, que me perdoem porque eu já me perdoei. Hoje estou triste e amarga, e não quero maquiar o amor com mais uma hipocrisia. Sou sincera, vasculho a sinceridade em minha cabeça de mentiras: acordo pensando na mentira que contarei a todos, no sorriso que precisarei sentir e fingir, o nó na garganta que precisarei desvencilhar com outro aceno de mãos, minha felicidade tão mesquinha e medíocre.

Ainda tenho o ódio. Talvez, e apenas talvez, amanhã eu acorde outra, tão outra que amarei como a cria que ama o criador. Foi difícil caminhar e estou certa de que amanhã amanhecerei em cólera, apesar de amar.

Com estas palavras, acordei a tua inadequação, fui de baldios brados ao retornar com a chave no olho da porta, vasculhei cômodos afetivos quando de uma dezena de palavras restaram aquelas não prometidas, apenas. Apenas se (...) cobri de hipóteses as janelas do adeus, vibrações de caos e chuva no espelho opaco-parco do limiar concreto da história. Do que fomos, SE APENAS SE (...)

Mande notícias, ou não.

Colericamente,

Filomena.

SEGUNDA CARTA AO SUPOSTO AMOR OU DO ESQUECIMENTO

Supostamente meu e longínquo amor,

É noite alta e penso triste em tua imagem. Raios brancos e oblíquos atravessam o quarto e me acertam feito seta. Pouco importa: se esta saudade ou as tentativas em desenhar teu rosto com a ponta dos dedos. Relembro a tua fala sutil desmembrando meu nome, mentindo tua identidade e amor. Quanta mentira cabe numa exaustão de palavras! Talvez esta saudade seja também uma mentira, um enlouquecimento feito febre, um aviso atemporal da cólera. Tenho gostado da palavra cólera, dobra-me o peito e as pernas, ajoelho-me feito uma santa, quanta pureza há em meus gestos!

Tento disfarçar a risada quando percebo a ingenuidade onde nos cultivamos. Eu, extasiada de amor urgente; você, soldado de si mesmo – a finitude das tuas palavras transgredindo os verbos e o silêncio monárquico acordando meu peito cru.

Hoje escrevo para saber: Substituístes a cobrança dos sentimentos pelo esquecimento? Então é assim? Esquecer é sempre uma amputação e já nem deves estar inteiro. Eu mesma não sou inteira, eu mesma me esqueci em tantos lugares, em tanta invenção; talvez minha maior invenção tenha sido a nossa história! É isso, nossa história é uma invenção mútua, um poema compartilhado. Quanta beleza há nas histórias narradas em mistério, sem a percepção dos olhos, sem o tato e no emudecimento dos outros sentidos.

Não sei se, por vezes, meu pensamento triste ainda alcança a tua narrativa. Você está tão distante, sinto o pensamento esvair-se feito fumaça, amor sem destreza ao segurar a atenção dos abraços ou a inquietação da taquicardia. Sinto falta do teu paladar nas memórias das manhãs, e até as manhãs me esqueceram. Sinto falta do teu senso irremediável de felicidade e hoje mesmo temo te encontrar insosso e apático. E distante.

Escrevo e já não estou mais triste! De uma forma estranha, inimaginável feito um mar livre de todo seu mistério, tua lembrança ainda funciona como remédio para minhas chagas. Um sorriso singelo desenhou-se em meus lábios, e porque meus lábios não são quase sempre sinceros, tu não saberás se o sorriso foi de alegria, ou tristeza ou remorso. Ou rancor! E nem vistes meu sorriso, pouco importa, meu sorriso é também uma memória passível do teu esquecimento.

O que ainda sufoca a nossa relação? Tua distância ou minha melancolia?

Como posso desaparecer sem recobrar a tua lembrança, se no esquecimento comprometestes o meu mergulho e a minha despedida? Como?

Nossas lágrimas foram engolidas e o soluço tornou-se um canto, e eu nem tive a chance de salgar o teu rosto com minhas lembranças. Admiro a tua certeza, e como isto me dói. Que inveja tenho daqueles que seguem firmes no salto, aqueles que não precisam das asas, os que abandonam o copo pela metade, a festa já no começo, o mar na antemão da ressaca. Logo eu, eu que acreditava em verdades incontestáveis e mentiras tão bem desenhadas, que mentia a verdade para parecer fantasia; eu menti a tua verdade enquanto fingias tão bem o teu amor e a nossa semelhança...

Já fui abandonada outras vezes, já fui torturada pelo silêncio das horas, pelo ensaio das mãos e da despedida, mas não esperava dos teus cabelos a sombra do passado. Não quero conjugar-te no passado! Você é uma imagem distante, não te alcanço pela minha janela, a impossibilidade do toque.

O que sobrou do teu sentimento guardo com pudor: algo cujo nome ainda não inventaram, guardado pelos livros, valor medido pelo escuro da noite, pela tristeza, pelo inverno, por inferno e paraíso... e verão e calmaria.

Agora, tudo é um esvaziamento, uma espécie de penduricalho silencioso amarrado ao pescoço: ando pelo mundo e ninguém me percebe, tornei-me o avesso das criaturas atuais – um fantasma real, vulto de felicidades sorrateiras, um riso secreto.

Estou, contudo, farta do meu próprio descontentamento, e talvez este mesmo estado de ânimo, em algum momento, seja por mim celebrado: sem você e ao lado de poucos amigos, beberemos em taças largas, valsaremos sobre um chão de lírios, presente lodoso; então seremos lama e tornaremos ao caos e à escuridão. E teremos perfume, sim, o mais quisto, lírico.

Quanto amor e fúria ainda derramas no abraço?

Quem te abraça e quem te ama?

Subitamente esquecida,

Filomena.

CARNAVAL

Uma excitação carregada de coragem nas vozes, parte do estômago em direção à boca, as palavras altivas e ansiosas para saltar dos lábios e ganhar um timbre, e existirem como todas as coisas humanas inventadas, mas puras e nascidas do interior, e ainda tão palavras e viscerais – as verdades daquilo que somente o divino consegue reproduzir, e o divino talvez resida em alguma parte da felicidade, como um canto silencioso no interior do homem. Sei que há festa, sutilezas esbanjando-se pelas ruas, corações perenes, o estranho dos corpos mergulhando na vastidão incólume das ruas – quentes, também cálidas e de súbitas vontades. Sei que há festa, repito, porque estou inteiro e farto: feito um animal que descobriu a nudez como um estado de graça, e sabendo-se tela-branca, imagem-posta, não se envergonhou das próprias misérias. O Carnaval tornava as dores menos coléricas.

Quando recebi a primeira cor, quente e casta, minhas mãos encontraram a saudade e o brilho da pele, as lágrimas sinfônicas regozijando-se no hiperbólico Carnaval, e teus pés se afastavam irregulares e descompassados, apáticos e cinzas – mas havia o som da folia, e a batucada do teu coração dissipava a marcha fúnebre repetida pelos meus lábios. Eu seguia, seguia. E havia festa, e a moça dos olhos tão grandes e de asas, a moça que inventou a liberdade, a moça da saia rodada e os pés confundindo-se aos confetes.

— Volta, ela disse, os braços estendidos tocando os ares; vem cantar, meu coração.

— Vamos falar coisas muito óbvias, lembrar o amor como a falta da resposta, e depois abraçaremos sutilezas, fingiremos a erudição. O mundo é um teatro, desgraçado drama. Vê minha máscara?

— Sim, sim. Quanta beleza.

E afastou-se com o peito em samba, os lábios desenhando a particularidade singela de um sorriso.

Desde então, todos os anos recorto as minhas roupas, tracejo uma fantasia, desenho mais um rosto e um poema nasce. Pois o que quero da moça-flor é o espinho, quero é nascer e desfilar em choro rogando bênçãos ao esplendor da folia; porque o nascimento é dor e ambição consagradas.

Ainda semente, a minha ânsia é avançar e descobrir o mundo e a terra – afastar com sabedoria o cobertor de sangue e serpentina a me envolver. E deixar, em minhas memórias, que cravem em pedra a seguinte afirmativa:

Estava sendo inteiramente uma pessoa, dando-se ao amor mais do que à própria vida.

O AGENTE ESTRANHO

Numa tarde fatídica, livre de qualquer pretensão, mergulhei por um minuto no Mercado Central da cidade de Belo Horizonte. A ansiedade no momento final do dia ancorava o desejo por todos aqueles aromas, vislumbrei com os olhos magros e míopes a multidão e a mistura de cores.

Os transeuntes eram apressados, felizes e sólidos, estarrecidos de querência, prazer e sofreguidão. Um homem ria com dentes amarelos e largos de fome, outro engolia um líquido de aparência branca e seca. Um pedaço de queijo, fedido e suculento, atraía a mão da criança beijando o alimento com a ponta dos dedos na falta dos trocados para alcançar o amargor com a boca. Gemidos estendiam-se até poucos ouvidos que se incomodavam com o furor da criança de semblante triste e desgraçado, mas pernas cruzavam-se umas às outras sem caminho certo, envolvidas no labirinto de possibilidades onde fantasiavam as vozes, e então todos esqueciam-se da criatura.

E o âmago do lugar: mulheres estendiam-se fatigadas do barulho, com bocas carnudas e vozes ofegantes; homens debruçavam-se para frente em tentativas vis de tocar qualquer coisa; velhos espremiam-se questionando uns aos outros entre os temperos; a dignidade farta do calor externo e dos bons tratamentos. Todas as palavras gastas e algumas senhoras vertendo mais um pouco dos líquidos quentes e coloridos nos copos gastos e apáticos. Ver alguém beber da vermelhidão? Ver muita gente dar risadas grossas, dessas risadas que apaziguam as tormentas. Um riso-rosto-mudo na multidão. Riam – então os líquidos tinham, enfim, algum sentido.

Um grupo de jovens olhava distraído e com rostos inquietos engoliam a cerveja; davam-se ao luxo do lugar e à contração enigmática pela taquicardia com a qual pulsava o ar quente e vermelho através dos corredores apertados e bem-quistos pelos quase residentes.

E eis o aroma fúnebre enlaçando colericamente o olfato, algo doce como gemidos póstumos – quase olvidei a qualidade viva do lugar. Eu era então a criatura póstuma e outro animal rendeu-me graças com um buquê de cravos novos e sensatos do meu sentimento primitivo e dolorido. Ai de mim! E todas as cores e sons, e não toquei em nada, não ousei por sequer um instante profanar a castidade do lugar: eu era o agente estranho; logicamente malquisto, o intruso vindo de modo a contrair ares que não tinha, e as dores e os olhares, e outra criança puxando meu braço enquanto apontava a saída branca e veneziana: uma porta grande e anatomicamente bem disposta ilustrava a saída úmida do fim de tarde, outra vez veneziana, azul, cinza... e outras pessoas mergulhavam apressadas na rotina seguindo sem vontade.

Mas eu tinha raiva do desconhecido, e talvez as cores das coisas ainda me alcançariam, a fome do silêncio cultural daquele minuto.

Triste? Qual o quê! A cabeça baixa apenas me cobre como remédio ao desvario. É a sapiência dos mais velhos, não espiar sempre os montes, cuidar também dos precipícios e covas. Não sejas tu dessa gente de amar apenas aos desejos âmagos, vasculhando sempre a cortina celeste, ouviu? Agora vai, vai brincar menino, essa meninice é quase como a coisa dos diabos, a mania incessante em querer mais do que se é. Aí, quase se estatelou todo, beija a flor, chama o pássaro, mas não assim, assim o mundo te engole feito uma laranja – gorda e suculenta –; faz assim, ó: vai abrindo os braços e esticando os lábios, tem de haver o teatro das sombras, é pra ave santa também se apaixonar pelo leque do pavão. Pronto, agora tudo está dito, ele nos sabe. Escuta como faço? Vem aqui, junta minha mão à tua, menino besta, entrelaça teus dedos juntos aos de tua avó, vamos que é tempo! E o Tempo com suas letras garrafais me mastiga e depois devolve meu corpo nas mãos de um poeta – também besta –; valha-me Deus com esse pensamento-pétala, com esse pensamento que mal pode uma abstração, maldita seja a concretude de minhas sinapses. Que beleza de som, que boniteza faceira há no teu assobio, o sopro quente dos pulmões filetando o ar, o assobio é a navalha do peito atravessando o estado estático do resto de mundo que nos abraça. Olha aqui, menino, mas olha agora, não vá pro lado do lago, duro e frio, não vá nas bandas da água não – não, não e não! Repetidas vezes a enovelada palavra NÃO saindo da boca de aço da velha enferrujada e rosa. Então faz o seguinte, vai brincando debaixo das folhas-miúda, quê?, folha-miúda, neto meu, aquela árvore lá, ó, a maior delas, vá beijar o tronco cascudo da filha do bosque, e debaixo do flamboyant também, deixa o vermelho abençoar um pouco tua cabeça tão amada por mim, vai ser filho do rei e casa com uma princesa debaixo da árvore sabida do futuro. Também, a vó também te ama. Também a tua mãe e o teu tio Joca, que algum deus o tenha.

Que deus? Arre, qualquer um, pode ser aquele que me ama maternalmente, esse já me serve de paixão e penitência. Não, não. Você é criança, esqueça-te das penitências, deixa a alma infante ser exatamente o que querem todas as outras almas: liberdade pueril em amar e cavalgar os campos sem a culpa no arremate das horas. Mas volta teus olhos ao chão, volta teus olhos sempre ao chão – do Alto cuida o resto do mundo, as intermitentes cabeças; lembra-te do chão, cria minha, este é guardado por algo maior, onde as palavras ainda não puderam o nome, e as letras não conseguiram a ordenação de nada, nada. Crê na inevitável presença do invisível, crê no monte espiando sorrateiro, crê na Morte e na Vida, nas duas senhoras ceifando o destino. Na verdade, demora-te um pouco mais ao meu lado, preciso contar-lhe uma história antes de ires caminhar nas proximidades do lago. Adianto que é da água que tudo vem! Espanto? Eu sei, eu sei. Os fluidos são mesmo rejeitados, uma sopa é sempre a coisa mais insossa que pode um homem em toda a sua existência. Morte às sopas, vida aos primeiros homens que nos contaram sobre a verdadeira paixão. Como disse, preciso ainda te falar algumas coisas. Ajeita tua perna frouxa enquanto tento esta cadeira apática feito a pele fraca recobrindo meus braços; também achas? A mediocridade nos resume; para outros, não crer no Invisível também é de grande propriedade, enxuga e putrifica a grande questão. Quanto riso, não disse nada tão estapafúrdico. Ri do quê? Da galinha feia e morta sendo carregada pela criada? Não dê risadas tortas assim, faz desta forma, aumenta a saudade entre os dentes – a saudade é um poema vivo – e ri de forma reta, uma risada aberta, afasta a lembrança dos sapos gargalhando, esta tua risada bufante. Ah, claro, as risadas são pelas crenças; tão novo e rejeita a sabedoria secular, até onde crer naquilo dito pelos súditos do passado? Existe o irreal lado de fora, o Alto, o Alto. Parem de amar o Alto, queiram as coisas ínfimas, santas, as coisas do Interior. Amem as vísceras do mundo! Tomemos do início... Diga. Fome? Também tenho, vamos comer um pouco da palavra agora, tudo bem? Gosto quando entendes meu desalinho, neto, gosto porque tua avó precisa lhe dizer a pontualidade desta história antes que qualquer outra afirmativa se faça presente no sibilar das ondas, vai-e-vem-, vai-e-vem, e nada é dito, porque estou velha; um dia ainda retorno para a filha dos Maias. Os Maias disseram a humanidade antes de qualquer outro povo, ou foram os Incas? Quem foi o primeiro povo a amar o céu sem nunca se esquecer que existe a concretude sob os pés? Lembrei: O povo da Tribo do Fogo. Vamos, vamos sim, já conto. Contudo precisas me jurar, jura pra esta senhora aqui, dobra teu dedo desta maneira, cobre o indicador com o dedo médio, agora faz a promessa e me jure crer na história que ei de confessar. Claro, preciso da tua promessa, porque a jura infantil vale mais que todos os atos sacros, e os adultos já perderam a credulidade na Coisa Maior; agora só os loucos e as crianças podem compreender a primeira revelação. Brinca debaixo do flamboyant, mas cuida do teu caminhar para não se deixar perto das águas, porque eu também já estive na borda sorrateira do umbigo do mundo. Por quê? O centro do mundo é cá no nosso quintal, menino; mas isso ainda não é a minha história. Apenas sei que aqui é onde tudo veio a calhar, e o âmago da ferida não é quente como se pensava, é frio, e escuro, a sabedoria vem da escuridão dos pensamentos, a revelação é o manto muito escuro cobrindo a luz ofuscante da ignorância. Os homens mentiram a inebriante verdade: o conhecimento reside é no ventre escuro de uma mulher. Já sabe o que é ventre, não é mesmo? Aos quinze anos continua-se criança, todo pueril – ainda que de certas sabedorias, certo? Ótimo, ótimo. Obrigado por conceder-me tua hora mais pura. Tens me deixado chamar-te por criança, em troca do quê? Da saudade primeira? Essa cultivada apenas depois do abraço? Sim, eu aceito a primazia da questão. Ajude cá tua avó a recolher estas lágrimas, vamos, estica teu braço e abençoa meu pranto com a tua camisa. Muito obrigada, anjo meu, agora mesmo já prossigo com meu lamento; antes de adiantar o que te guardo, preciso alertá-lo a um fato: somos um povo mesquinho e atrasado, os sentimentos são a base primeira das nossas reações, as saudades nos condicionam, e isso vai podando o pé da evolução, ficamos pequenos e rasos: por isso as águas são profundas, lá reside o grande querer e razão. Já o amor, o amor é uma racionalidade, não se preocupe.

Mas não, acho que nunca amei; amar mesmo ficou apenas no bem-querer da minha incompreensão, eu era sentimental demais para o Amor, podia apenas a adoração. E acreditei ser adorada, veja só que bestice, como somos idiotas no vislumbre dos primeiros fascínios. Sei que é tempo, e que também se faz O Tempo, veja lá, outra vez os girassóis nos espreitando. Demoro-me nas linhas porque essa também será uma história de luto e mornidão – o luto é uma bestialidade horrível, uma ignorância ensurdecedora: não saber o que fazer daquilo que restou. Dói a compreensão de que não basta apenas não estar, é fundamental existir, a ausência é a filha sacra da existência. A história é a seguinte: (...)

CLÓVIS

O calor comprimia as sensações vindas sem o querer da pele, gotas de suor brotavam feito seiva e partiam deixando pequenas doses de sal na superfície do corpo. Um incômodo primitivo pela repetição dos gestos, braços seguiam com o dorso para tentar enxugar a fronte e logo recolhiam-se acovardados e com vergonha. Uma desconfiança afastava os pensamentos das pessoas acumulando-se nos semáforos, um murmurinho de lábios movendo-se sem a confirmação dos ouvidos, olhos observando mateiros enquanto buscavam o outro lado; porque atravessar seria estar em algum lugar, e este era o lugar comum. Mais alguns instantes e todos iniciariam uma corrida a fim depositar os pés em alguma coisa, galgar os primeiros degraus – lá do alto alguém olhava com paciência e sofreguidão! Mas a cabeça estava atenta, como se pudesse observar todo o resto sem a ilusão das horas, em algum lugar do mundo dois momentos estariam em completa sintonia, uma paisagem haveria de estar em concordância com a outra – e na primeira, as horas se expandiriam e duas crianças poderiam olhar atentas o mesmo inseto plácido dentro do copo d'água, o inseto dando pequenos espasmos, mas as crianças eram retas, apenas observariam atentas. Depois a água tocaria o cerne de uma pessoa feito o olhar do homem no alto das escadas: as pupilas que têm o lamento.

Eram as horas da manhã e o dia fulgurava quente, o chão com poças tímidas guardando as lembranças da chuva caída quase atônita durante toda a madrugada. O ar estava úmido e franzia o blazer bege e duro do homem que caminhava, o terno alinhava-se à calça muito estreita e curta terminando em sapatos pontiagudos, pés apontando para o que ainda não fora escrito: a ilusão dos fatos. Deu uma risadinha como quem tivesse espiado por debaixo de um lençol cobrindo um objeto, brotou-lhe por alguns instantes a felicidade de desabrochar para o estranho. E, finalmente, ele tinha um segredo! Todavia, a risada pareceu-lhe um pouco caótica, então encerrou o ato. Ria, no entanto, toda vez que percebia os pés apontando sempre adiante. Reservou a si mesmo todos os outros passos e travessias, sabia de caminhos e pessoas onde teu corpo poderia emoldurar-se com a facticidade das emoções. Às desgraças seguintes, também o carinho e a postergação, pois o futuro fora apontado e pés compridos e duros não calariam as mazelas, eram pés ouvindo as dores do peito, membros horizontalizados comprazendo-se do sentimento acúleo do cerne: vigilantes no percalço, uma outra dor e tudo poderia estar acabado. Por que aos pés é dado o dever de suportar toda a existência de alguém?

Tinha o cuidado com as coisas vindas, vigiava com sagacidade os passos das primeiras horas, acordava sempre antes das multidões, sabia sempre os primeiros raios de sol. Ouvia seus próprios gemidos antes de lançar a apatia ao suspiro mais próximo, tinha fome para criar os primeiros ruídos.

Andava recolhido, embora tantas vezes quebrasse as coisas comuns no eixo dos dias. O homem com os olhos baixos e sem vida, olhos caídos, as pálpebras gordas e tristes – contudo, eram pálpebras de esperança, como se a esperança precisasse da tristeza como o hormônio precursor para a sua existência.

O sol desenhava fantasmas movendo-se junto aos encarnados, fantasmas arrastando-se lentos e firmes à carne. Por que às sombras é negado o direito à liberdade? São obedientes por aceitação do dever sem questionar o capataz. Para muitas das criaturas, tal dizer é coisa posta e imutável na variação dos sentidos.

Com um jornal debaixo do braço, o homem – velho e sôfrego! – cumpria o caminhar, procurou um conforto para repousar o corpo... e pronto. Cruzou as pernas, retirou do bolso os óculos com armações velhas, armações que já não sustentavam o próprio preso, embora continuassem ávidas no propósito de aprisionar as lentes. As mesmas armações foram carcereiras até das lentes mais antigas e embaçadas – o amor de Clóvis pelas coisas que poderiam de súbito serem dadas às despedidas da memória. Suas roupas estavam amassadas, o jornal também, as mãos trêmulas e também amassadas. O jornal aberto fazia uma sombra geométrica e lisa no chão. A sombra filha do sono, a sombra mendigando o amor do objeto.

Aproximei-me com passos curtos e tomado por um temor de conhecer alguém cuja esperança escondia-se atrás de lentes embaçadas.

A excitação durou pouco, a apatia era contínua, companheira fiel e costumeira. Tínhamos o silêncio na confidência dos gestos, o silêncio que beijávamos e bebíamos de seu incômodo, porque os barulhos pareciam salvar as pessoas da individualidade – como se alguém pudesse esconder-se atrás da própria mortalha de sons produzidos. Eu era visto, presa fácil, jamais um predador, não daqueles esperando com astúcia pela caça, para matar a fome. Sou, por natureza, uma presa fácil para o mundo e ele poderia engolir-me se tal vontade brotasse de seu íntimo. Dentro do estômago do mundo eu estaria confortável e em vantagem, veria todas as suas cicatrizes e as outras coisas que com voracidade fora devorando. Não estaria sozinho e poderia dar risadas. Então seria como as outras presas compactuando da mesma angústia. Contudo, sei que ainda não estou apto ao esdrúxulo mundo real, meu modo de viver é uma fantasia farta em amor.

Pois voltemos ao caminhar; o velho levantou os olhos, abandonou o jornal por alguns instantes e fitou-me com curiosidade, ainda que curiosidade maior fosse a minha. E o temor?

— Clóvis!

O homem olhou para os lados, procurando enigmático por vozes estranhas ditas no escuro. Mas é dia, meu senhor! Tudo reside na falsa segurança.

— E como sabe o meu nome?

— Inventei, a invenção ainda salva e alimenta a prosa; respondi afoito e grande, quase poeta.

— Mas as coisas não precisam de nomes, elas precisam apenas existir, bem como todo o resto. Um dia alguém quis dar um nome e assim seguiu-se por pura monotonia. O nome, embora pareça justo, ainda não é a identidade. Existimos além do nome, existimos além da carne, inclusive. É porque as mentes são confusas e um dia tais palavras estarão gravadas apenas nas lápides. E os nomes próprios serão palavras póstumas!

Ah, Clóvis, mas ainda te preciso de um nome, talvez algum dia... talvez algum dia possamos reconhecer uns aos outros pelo coração, e o mundo poderia o caos com menor martírio – pensei covardemente, ainda que no íntimo soasse como se maravilhosa ideia fosse advinda dos sábios oráculos.

Prossegui contestando a filosofia daquele que não me conhecia, mas permitia a intromissão:

— Mas se até os anjos têm nomes...

— Invenção humana. Ainda sem os nomes eles existem. Sim, até os anjos perderão seus nomes.

Sem perceber o meu espanto, continuou:

— Pois se precisa de um nome, eis-me aqui: Clóvis, O Velho.

O homem tinha um jornal do dia anterior, gasto – feito as próprias memórias, casa de saudades, a data estampada em letras garrafais; e outra vez o meu espanto.

— O jornal é de ontem, alertei.

— Sim, sim, disse-me todo pungente enquanto seguia com os olhos caídos, a raridade das sofreguidões contemporâneas: uma pessoa na certeza de seus atos.

— Mas por quê? Já não foi repetido por todo o mundo que o passado não importa? Por qual motivo seguir nas entrelinhas de algo que já é memória?

Agora a sombra do jornal era espessa, escura e ainda mais geométrica.

— Ouça! – Disse-me como quem fosse pronunciar as últimas palavras e qualquer som seria um atrevimento, uma invasão em sua narrativa. Clóvis e seu monólogo. E eu tão cansado, e a angústia. Fale-me sobre como está o tempo, homem! Mas não podes porque o teu jornal é de ontem. Que lástima este tamanho desalinho no verter da conversa...

"Todos os dias, feito ritual católico, como ensinado aos primeiros homens, eu tenho meus ritos santos, embora apáticos. O jornal é sempre do dia anterior, alguém precisa alimentar essas memórias ou então elas serão palavras esquecidas, e as palavras mortas nem os poetas conseguem recuperar; como os amores que são esquecidos: um amor, quando não lido diariamente, é esquecido – alguns assim o desejam, mas ainda há os que amam e tornam-se presos viciados às memórias, todavia eles têm o perdão, pois já não conseguem balbuciar palavras de adeus. Leio todas as páginas do dia anterior, a constante repetição das palavras, como os livros sagrados... e os homens não se cansam, continuam cantando as mesmas ladainhas. Também eu, não me canso.

O jornal e as palavras são antigos, embora eu esteja preso ao dia corrente – condenação imposta a tudo o que existe, mas enquanto ainda não compreendo o mundo, eu me possuo. E continuo com as palavras proferidas no dia de ontem, porque assim, e somente assim – inesgotável e surpreendente como são as coisas novas e as descobertas – eu terei o prazer das palavras novas, da surpresa já gasta e bebida por todos os outros. Por velar estas já gastas palavras, recebo um pouco daquilo sempre roubado quando os dias findam em horas crepusculares: o prazer de possuir um sentimento secreto.

Leio, as colunas terminam e as palavras alcançam o final. Outra vez é imposta a ideia da finitude que assombra e atormenta. Talvez os jornais e as palavras foram feitos para a finitude, caso contrário não haveria outras palavras e outras histórias. O fato me dói, porque leio na esperança de encontrar algo além das tragédias, e minha hipocrisia só não é maior que a esperança, porque a tragédia sempre existiu, um homem sempre matou outro homem, um amor sempre rejeitou um outro coração ou pensamento.

E o amor é uma tragédia: a mais antiga. Morre-se e mata-se por amor, mas a rejeição ainda é o crime inafiançável. Há o direito da escolha e isso perdoa os amantes que rejeitam um outro alguém, afinal, mais vale o fim de um amor ao fiasco de um espetáculo encenado apenas para alimentar os corações.

As ilusões já não bastariam e trairiam as próprias entranhas, mentiriam para os próprios medos, nem as veias pulsariam verdadeiros jatos de sangue, seriam líquidos vermelhos e apáticos, embora o sangue dos tristes me seja desta forma ilustrado na cabeça. E o amor é também uma memória do passado, ou pode tornar-se. Por isso tenho incômodos ao findar das páginas: a incerteza posta em todas as questões sobre tal vasto sentimento, o fim.

Ao cabo de uma narrativa, outra é entregue sem demora, no dia seguinte alguém escreverá sobre o amor, não o meu, este não silencia com o término das palavras. Leio porque quero os amores que gritaram ou silenciaram suas fomes, não importa – amo quem desenhou-se num sorriso ou absteve-se no pranto, porque meu modo de amar é abraçando a outra dor, o outro peito, o outro olhar. Sem o amor, não saberia o que fazer com mundo das minhas emoções. Leio porque tenho ânsias de encontrar nas linhas do jornal a história de um outro amor... também eterno. Leio a fim de saber de alguém que amou de novo e salvou a tragédia, aí meu coração velho verterá um pouco de sangue grosso e muito vermelho, e meus pulmões poderão fingir a juventude."

— E o esquecimento? Onde estão os amores que foram esquecidos? Já não podem mais existir na memória?

— Bem... o fim de um amor é uma lobotomia, mas não o meu amor; defendeu-se Clóvis. Ao meu amor, repito todos os dias: na hora da partida, leva-me contigo uma última vez.

— Pouco sei da tua devoção. Gosto muito é da palavra vazio. O vazio da gente é o mesmo dos outros?

— Não, jamais! Cada vazio é uma unidade intransferível, só assim a solidão pode fazer-se numa falta maior, quase sacra.

A sombra do jornal quase dissipava-se à medida em que o sol se afastava. A finitude depositava suas mãos até mesmo sobre as sombras, a finitude que é um fato. Clóvis fechou o jornal, recolheu os óculos ao bolso e teve ares de quem devorou todas as palavras, como se descontente com o fato de ter acabado, de ter cruzado a linha final. Uma dor a menos: a dor de ontem tornou-se em lembrança, e outras dores viriam, novas e sacras, como sempre. A tragédia era também uma certeza aos corpos transitando impacientes.

O velho buscou com as mãos atrás do banco, lentamente surgia algo redondo, de aparência sólida e viscosa. Era uma fruta. Clóvis! Você carrega uma fruta!!!... A casca grossa causou-me repulsa, a fruta gorda e cheia de suco alimentava minha ânsia de vômito... e nas mãos do velho, aaah, nas mãos que tocaram as tragédias do jornal. Ofereceu-me.

A oferta em pratos limpos e eu não tinha fome, mas sede.

— Não parece muito apetitosa, sibilei com ares de repulsa, tenho sede.

A fruta alaranjada e com manchas na casca.

— Ora, é a casca, advertiu o homem, e sei que você não é um dos outros superficiais incapazes de ver através das coisas, que consegue ver o suco do pranto através das laranjas do rosto, não me desacredite! É mesmo pra matar a sede...

Ruborizei. Clóvis, você é quem usa óculos, mas sou eu quem tenho a cegueira. A cegueira dos que não tateiam o escuro pelo medo do desconhecido. Talvez por isso eu nunca tenha terminado os degraus da escada que davam ao quarto escuro e abandonado, por isso nunca toquei a porta espreitando muda e distante no alto. Eu tenho a cegueira dos homens e a ignorância de não sentir através da pele; quiçá assim sejam os solitários, vítimas da própria ignorância porque não se arriscaram a provar do interior das frutas. Hoje estou solitário. Peço perdão aos solitários por invadir a imensidão do desatino onde habitam, por profanar a indesejada reclusão. Pareceu-me injusto atribuir-lhes tamanha culpa, a culpa de não querer provar do interior da fruta de aspecto alaranjado e opaco. Apesar disso sei que, n'outro lugar de mim, a vida quis ir além do destino-fato.

Justifiquei meu ato com a seguinte afirmativa: "Cá dentro ainda tenho as escolhas, o direito de não querer transgredir as margens do que é exposto". E ao passo desse último pensamento, Clóvis descascou a fruta com cuidado, os movimentos circulares eram quase eróticos, despia a fruta com a ponta dos dedos ilustrando um strip-tease muito doce e metódico.

A fruta nua era suculenta, quase já não precisávamos do sol para dar cor e sentimento quente ao lugar. Como quem entregasse o próprio âmago, ofertou-me outra vez um pedaço de sua cumplicidade. Desfiz-me da recusa e aceitei.

Que o suco vertido em minha boca pudesse saciar a sede dos homens, mas não o faria. Então a fruta tornou-se um pouco amarga e o doce era algo escorrendo veloz pela garganta. Todavia ainda há uma fonte, e um homem tomou de sua água enquanto eu tinha a fruta nas mãos. Todas as ações confinadas no intervalo de tempo onde um estranho ofertou a um outro uma parte de si.

E nas palavras escondidas cá dentro, gritei como quem descobrira o rosto de Deus:

— Clóvis! Oferta-se também o amor!

Depois engoli mais um pouco da fruta, engolia com gostos e instintos ferais, o caldo escorrendo pelos lábios, estarrecido de fulgor e energia em meus atos. Fui separando as sementes emaranhadas nos fios que compunham o fruto e vertendo-as ao chão, sem compreender quando dizem que há sementes nos fios de tudo aquilo que ainda pode continuar a existir.

Clóvis reuniu as possibilidades abandonadas ao chão e entregou-me, as mãos velhas e um punhado de sementes recém descobertas.

"São suas, mas apenas estas. As minhas ainda guardo para o dia em que encontrar a outra história de amor, o fim da tragédia e as páginas com palavras intermináveis. Estas são suas. Não para serem guardadas, mas para que outros frutos possam ter um começo e existir, para que suas mãos toquem a terra... e um dia talvez eu leia no jornal – infindável – talvez eu leia sobre alguém que plantou um pouco de esperança, e vendo a coragem ainda em estado latente, acreditou na voracidade das sementes em desafiar a gravidade; a notícia exaltando um pouco da esperança semeada. Porém é preciso sujar as mãos, como quem quebrará o silêncio imposto, como quem precisará mergulhar na terra, ter as unhas arrancadas e, só então, sentir na carne que as sementes estão prontas. A esperança é paciente, por isso dolorida no mundo daqueles regidos pela ansiedade. Amor e esperança exigem paciência. Crescer dói porque significa esperar o nascimento de algo incerto no futuro das coisas."

Calei-me por alguns instantes, mas pensei na tolice de Clóvis em acreditar no fim da tragédia e nas páginas com palavras que não terminariam. Tentei debilmente respeitar tal viva expressão, afinal, ele deu-me sementes e isso traduzia sua esperança.

E se ele me entregasse outra fruta? Talvez eu a ofertasse para o meu verdadeiro amor e então beberíamos juntos do mesmo caldo, como quem precisa compartilhar do mesmo sabor a fim de compreender a diferença dos paladares, nunca os mesmos, degustando do que é ofertado para conhecer os sabores. Mas meu amor a rejeitaria... porque faltou a Adão coragem para provar do fruto dito proibido. A mulher foi quem estendeu os braços e acolheu, com coragem, o suprassumo. A história é mais antiga que o tempo, permanece na memória como um lembrete aos covardes e aos amantes. Todavia consolei Adão e dei-lhe um beijo, o respeito da tua falta de desejo era a minha oferta de gratidão e compreensão. Ambos expulsos do paraíso. Um deserto, e eu queria continuar sendo a única, entre todas as outras criaturas: a única. Outros homens como Adão, e o teu desejo pela carne era maior, tamanha voracidade e instinto. Então o teu caminho foi outro. E feito a mulher que estendeu os braços, permaneci ainda desejando ser a única, entre tantas criaturas: a escolhida. No caminho, vomitei um pouco do suco que bebi e ali estavam os nossos restos, você ainda tão dentro de mim, os rostos quase se tocando. Você, vaidoso e vestido com o orgulho dos homens, resolveu partir. Eu era a diferença da tua conta matemática; quase vi o teu amargor desaparecer no suco ácido que fora vertido. Provei o resto de mim e pude te sentir outra vez, mas a insanidade já mal me servia de muletas.

Toquei o bolso e lá estavam as sementes, agora o mundo figurava-se menos apático e mais alaranjado, e com algum propósito. Segui, porém na certeza de quem nem todas as sementes teriam a coragem e o vigor para atravessar a superfície da carne ou da terra.

De todas as coisas, ficaram a imagem de Clóvis e a esperança.

E com os dedos viciados remexendo a terra: talvez semente; talvez assim a felicidade, mergulhar no ventre da criatura e sair inteiro, doer-se no outro parto, estar mineral rico e depois pobre vegetal e criar flores e patas-asas-cascos-cornos e presas, sim! presas...depois, passos rápidos na fuga-caça do amor.

Tudo está tão miserável, como tornar as coisas belas? A tinta já está no papel, mais tarde terei de esconder os erros – ah, as frases que já não mostro a ninguém, mas feitas de uma afecção gigante à minha natureza. É preciso aceitar as vísceras. As entranhas, ainda que amargas e desgostosas, são fundamentais – não garantem o sustento, mas é no íntimo onde digerimos aquilo entregue aos goles pelo mundo.

Onde está a piedade? Pois neste momento não sou bom, minha pretensão em alcançar a bondade é paradoxal à minha vontade raivosa de gritar ao mundo o meu desejo de existir exatamente da forma como me sinto, entretanto emudeço pelo medo. Talvez os vasos rasos contenham em seus fundos um resto do líquido amargo e intragável – as memórias que não podem mais atravessar a garganta, porque tocar os lábios seria fingir ser o mundo, entregar com voracidade aos homens aquilo desejado apenas em segredo, beber até a última gota, inesgotável até embriagar-se do verdadeiro sabor da vida; os vasos permanecem como refúgio de moscas, estas sem negar os desejos ou a própria natureza.

O pensamento latente: não sou bom. Ser pensante me apavora porque as feras têm o instinto e meu instinto é grande como a vontade dos famintos, grande como os pensamentos; mas eu não tenho fome, apenas finjo – e talvez não me percebam pois acostumamo-nos às dissimulações cotidianas.

Quiçá sou como o velho que lê o jornal, cuja retidão parece não ter enganado a ninguém, ele que lê com olhos de submissão. Seus olhos me encontram, desvio o olhar porque não posso contar a sua história, mas eu sei: os homens que tem na submissão o mais remoto do amor, aprenderam-na depois do amor rejeitado; não há o que fazer, ninguém pode dizer um amor e todas as tentativas frustradas – por isso a submissão, o último ato de desespero buscando recuperar a imagem empedernida de um fulgor que jamais será o mesmo, então os olhos tristes depositam-se em outras coisas, nos bancos, nos jornais, nas árvores.

Ah!!!! Aí está, eis o meu desejo profano, alvo certo da seta desta narrativa: minha incontrolável vontade de invadir o coração da menina que observo; ela não me vê e nem conhecemos um ao outro. A invisibilidade é sagrada; e numa cidade onde os prédios confundem-se com o destoar das nuvens, eu vejo tanta gente de mundo, são tantos os caminhantes invisíveis sem a percepção dos outros. A invisibilidade é sagrada, mas machuca, como uma prece negada a um santo: o coitado perde o propósito. E todas as coisas deveriam ser feitas de inegociável propósito? A vida deveria seguir a primeira lógica aplicada e ser proposital? E os acidentes não receberiam mais o perdão? Todavia, a mim parece que o santo continua a esvair-se de sua função sem a entrega da prece.

Dói, permanece feito uma angústia o fato de não ser percebido e nunca surgir alguém de modo estancar a ferida quando as forças já não conseguem o próprio corpo. Minha falsa presença ainda me salva, ninguém poderá penetrar meus olhos rastejando pelos campos, o corpo magro e esguio, cabelos de medusa tentando tocar os pensamentos dos transeuntes. Mais uma vez minha falsa presença me salva, não a salvação instituída pelos cardeais, mas aquela passível do findar da memória, passível de restar apenas uma imagem trêmula e infiel de um rosto sem nome.

Continuo vendo a menina; a menina e a árvore. Não sou bom, profanarei seu espaço porque ela me parece imagem justa daquilo que preciso escrever. O corpo moreno, os cabelos crespos e um sorriso de quem encontrou algo ainda não descoberto por nós. Como ela pode desenhar nos lábios aquilo desconhecido aos outros? Quanta individualidade... Daqui, vejo a tristeza e a angústia, mas todos conhecem-nas e identificam, por isso existem. Mas ela desenha o que não conhecemos. Como chamar o teu sorriso? Forço meus lábios, a força descomunal para mostrar meus dentes amarelados. Restou-me agora uma patética tentativa. Aos que tem raiva, o sorriso é um esforço jogado às traças, feito um poema que nunca será lido – senão pelas traças, e estas com mais saber poderão deliciar-se do resto desprezado por alguém. Neste momento as moscas e as traças são sábias e devem ter ares de fidalguia e cultura.

Ela permanece recostada na árvore, protegida e secreta. Arrasto-me devagar porque vejo seus lábios movimentando-se, balbuciam palavras únicas. Todas as palavras são autênticas, todos os homens, até as cópias são autênticas e contém na solidez dos atos a assinatura própria. Nascemos e morremos com algo criado no íntimo da terra; e que me neguem a veracidade do fato, mas tenho algo só meu, algo nunca exposto ao mundo. Ninguém pode existir sem a unicidade ultrapassando a carne. Existe um visco secreto possível apenas pelos que já morreram da própria inanição dos sentimentos. Agora tenho fome de sentimentos, estou vazio e as palavras continuam um amontoado de letras seguindo sem motivo. Talvez por isso eu escreva, não porque exista um motivo, e sim buscando extirpar ainda mais o vazio em mim, derramar o resto do acre residente no fundo do vaso.

A menina sibilava coisas avulsas e virtudes inaudíveis. Me aproximo um pouco mais, meus olhos são míopes e o seu corpo é o corpo da árvore. Talvez seja!!! A árvore é grande e ereta, não esguia, mas troncuda, recheada pelas construções do tempo, infinitos anéis de seiva bruta e saturada de pensamentos, saturada pelos toques, olhares. Quantos já não te olharam ou deleitaram-se em teu colo? Existem os pensamentos, os ruins, os piores e os bons – aqueles permanentes na raiz das coisas, e eu não consigo alcançá-los; ainda.

A árvore aponta direto para o céu. Talvez nunca tenha olhado para a terra, assim como a menina, tem a pupila voltada para o alto, como os que renegam o inferno. Seu olhar não tem maledicência, quer mesmo alcançar o alto, ir sendo até tocar o espaço celestial. Você me roubaria uma estrela? Mas a ti não digo isto, ao contrário, engulo as palavras secas. A planta e a menina continuam firmes, miram o infinito com desejo e ânsia.

É provável que este seja um conto versado sobre uma menina que, dentre outras tantas, conquistou a nossa vontade sublime: fundir-se a um outro ser. Onde ficaria, então, a individualidade? A menina existia, mas seus desejos já não eram próprios. A árvore, imensa e senhora de si, era quem ditava as palavras. "Vamos ascender ao céu, juntas!" E lá foi-se a menina. O mesmo talvez aconteça com os amantes, o desejo de unirem-se em um só corpo e um só coração, o desejo de existir na mesma complexidade corporal. Se os sentimentos são únicos, o que fazer? As criaturas não mais teriam a partícula que as tornam seres viventes e sábias de si? Unir-se de tal modo danificaria a massa bruta e frágil do coração, pois alguém haveria de desaparecer para existir somente a outra alma, o outro intervalo de vivência. A coexistência dos amores não permite a fusão dos corações – é preciso existir separadamente, por isso as unidades e unicidades, as coisas inteiras, os humanos inteiros: para que o amor em estado bruto possa ser lapidado por quantas mãos forem necessárias.

Existe um lugar, ainda impenetrável pelas mãos humanas, que é simplório e frágil. As palavras alcançam esse posto das emoções. A bruta casca é o que mostramos ao mundo, a fragilidade ainda nos dói. Por isso a proteção, e só agora eu compreendi a senhora passando por mim com os braços cruzados e envoltos ao peito – agora eu sinto o resto do mundo e o mundo me sufoca. Eu não quero o entender dos outros, a minha agonia já é algo dilacerando o peito e invadindo lugares não permitidos; meus pensamentos ainda são secretos, mas há a coragem e os loucos fundindo-se ao amor. Salve a loucura! Talvez, e apenas talvez, posto que não sou pedra, eu tenha a minha loucura. E mesmo as pedras têm suas próprias loucuras.

Agora as pedras, as moscas e as traças.

E até as pedras mudam – no rio, onde ganham o curso das águas, modificam sua perfeição. Mudam com os ventos, porque ser estático é negar a própria existência, a própria massa corporal e cinzenta em constante formação e expansão. Forçosamente, mudam pelas mãos humanas. Nada é imutável; a ignorância, no entanto, ainda me assusta.

Perguntei sem qualquer pudor:

— Você tem um nome?

Avisei, caro leitor, eu profanaria o espaço da menina-árvore...

E tudo não tem um nome? Ainda não é permitido apenas existir, é preciso um nome para conferir uma identidade. Um nome que não garante a existência – eterno apenas para aqueles que se deleitam da saudade nos sepulcros.

— Me chamam de Linda, ela me disse.

— É um nome bonito, respondi afoito; Deus!... Foi a primeira frase que veio à cabeça e saltou sem pedir licença aos lábios, precedendo o raciocínio, feito as surpresas secretas; e que ainda assim podem ser lindas... como o nome.

A menina-árvore contou-me não desejar o infinito, embora também não quisesse a finitude terrena: tinha desejos de crescer até descansar no colo de uma estrela. Poético e patético. Quis mais uma vez invadir seus desejos e explicar o findar das coisas, os males dos quais ainda não podemos fugir.

— Linda, em algum momento você alcançará o ápice do crescimento vertical, as alturas já não terão o impacto dos errantes. Em algum momento você já terá visto tudo o que as outras árvores não viram, e esta será a finitude. Embora pareça assustador, funciona como um acalanto. Não há mais o que temer, o limite nunca será o quão alto a tua copa alcançará, mas o quão longe os teus sentimentos conseguirão tocar. Por isso os galhos, por isso os braços. Os braços são os galhos para tocarmos o mundo, as memórias expandem-se na ponta dos dedos. E as folhas, sementes... um beijo, a palavra ofertada. O amor, também, que não precisa de nada disso, o amor despreza os braços, as flores despedem-se com as estações, a finitude imposta por algo que ainda não conhecemos, mas existe. Porque o amor nunca será uma invenção, não enquanto existir a seiva que hora ou outra será vertida pelos poros.

— Mas eu sou árvore, sussurrou em desconsolo.

— Por isso mesmo existem as estações, para mudar a roupa. As estações arrancam nossas flores, forçam-nos ao frio até recolhermo-nos no instante mais quieto da noite, aí adormecemos. Depois as flores – novamente – e o calor. E calor e amor devem ter sido criados juntos, há uma beleza consagrada e mansa entre as duas palavras.

E continuando:

"Para isso as estações, repeti com voracidade; beba da tua água, espalhe teus galhos sobre o mundo, mude tuas cores e cresça até onde a tua força alcançar. E quando a força faltar, no suspiro final a todos garantido, fique com a certeza de ter dado e recebido amor. Você pode até ser uma menina-árvore, mas antes de tudo é também matéria-prima da criação: jamais imutável."

— Queria ser mais flor do que árvore, esta criatura posta.

— Eu sei. Pois então vá e esteja alguma coisa – mas não essa tua exasperação contida.

— Por que flor é algo imenso?

— Que sim, flor pode o mundo que não podemos, há o domínio primitivo do interior.

— E esse meu olho de gigante?

— Lente angiospérmica! Lance tua flor mais lírica.

Solitariamente, engolia todas as emoções e restava-lhe apenas o vazio do pensamento. Espelhava-se no mundo – um rosto contra as exigências cotidianas – e era de uma lisura tenra porque não havia o caos ou o horror. Talvez, se algum vento lhe tocasse o rosto, sua armadura de poesia e catarse fosse rompida, e o mundo derramar-se-ia todo em flores e sentimentalismos.

Agora estou exausto, mas Linda existe, eu juro! E isto, por enquanto, basta!

A FILHA DE VÊNUS

A água doce percorria cursos apáticos sem dizer muitas palavras, era silenciosa como os que tem o corpo violado, como os que têm a alma um pouco lacerada, vertendo pelos poros as emudecidas gotas do visco alimentando a carne. Elza tinha pés ordenados, o rosto magro e os lábios cerrados na falsa integridade feminina, a integridade imposta no berço sem que a rejeição fosse um pensamento vindo de súbito – queria mesmo era gritar, mas o grito dos primeiros homens era visceral e faltavam-lhe vísceras, o emudecimento seguia como a arma dos descontentes. Mas era sábia, simbólica, rede de signos etéreos, nudez de flores no peito.

Voltemos ao rio; sentia uma calmaria, um estado de graça e completude que não tenho certeza ser possível ao ser humano – espreitava seu reflexo nas águas, e talvez tivesse sede para beber da vida instintivamente, criatura de ruídos e mistério. Desejava as travessias. A água parecia quente porque ela, Elza, era fria, então qualquer coisa se assemelhava à uma torrente soprada direto dos pulmões das criaturas existentes apenas no imaginário. Não acreditava nas criaturas, porque ela – insossa e machucada – partiu do real e residia no mistério de alguns poucos que a tinham por piedade e cordialidade. Não esquecia como a cordialidade ainda salvava as relações, como era capaz de dar o puxão necessário para atar as amarras de um amor. Se Elza era cordial? Sim. Pois é dito que era muitas coisas, a cordialidade ainda servia de bênção, uma máscara fingida que jamais se entregaria ao enlace passional por um pedaço robusto da lascívia da carne poética.

Na falta da própria divindade, arriscou caminhar sobre as águas como fizeram em remotas épocas. Leu em algum lugar a tentativa bem-sucedida do santo homem e quis tentar o feito na própria humanidade – era também humana, vejam só! Fracassou! O fracasso que prevemos e ainda assim saltamos, quando a ausência das asas não consegue o raciocínio necessário para frear os impulsos. Talvez o coração flutue, talvez os pulmões contenham ar em quantidade suficiente para flutuar como fazem os balões. Talvez os ossos ocos e areados lhe sirvam – ainda – de paraquedas.

O fato é: não conseguiu completar o passo e o corpo afundou, aos poucos ia desaparecendo da superfície enquanto o manto das águas a envolvia. Seu corpo respondia com pequenos arrepios, não arrepios tomados de medo, mas a vontade constante de tocar o desconhecido. Alguém já tocou o fundo, perguntava-se enquanto os cabelos pendiam ao alto, os dedos escuros das ondas penteando os fios – o espaço e o azul devem ser assim, afirmava a si mesma com sagacidade; e no abraço das águas criou o próprio veredito conquistando o azul: a entrega. Seu corpo estava entregue e ela não queria o domínio das palavras, repudiou os poetas tentando os superlativos a fim de não perderem o rumo. Estava livre, embora a liberdade a aprisionasse como somente a solidão é capaz de aprisionar os que estão secos do próprio amor. Pobres criaturas, magras e secas, derramaram tanto do amor e por consequência vivem do pão jogado aos porcos, os hominídeos vampirizados e ásperos, a incessante busca para frear a solidão da vela tentando fraca e postumamente iluminar o cômodo, ainda os cantos permanecem sombrios e frios – ainda a penumbra, anjo meu. Quem residir nos cantos, apresente-se, criatura vil e malquista. Depois apague todas a velas e entorpeça os pulmões com a fumaça doce e ardente nascida dos pavios martirizados.

A pobre criatura vestia um colar, as alças negras recortavam o pescoço terminando em uma pedra rosa esculpida em forma lacrimal. Para ela, o mais próximo de uma lágrima palpável, pois suas próprias lágrimas já nasciam secas e mortas. Nem os olhos, nem o querer, nem os ânimos brotavam para fazer o desenho salgado no rosto magro. Chorava sem conhecer o sabor dos próprios sentimentos, nunca o amargor, não fora ensinada quando jovem a receita para o choro; assim chorava por instinto, como ainda fazem as bestas. Sinto inveja de Elza, porque ela tem a lágrima rosa no peito, porque ela não conhece o seu choro, é um lamento único proveniente do ventre de onde foi retirada às pressas, precisou gritar por auxílio quando se encontrou com o primeiro homem; afinal, assustador é lançar-se em um mundo que não garante a vida, mas a morte. A finitude é a única certeza garantida ao homem, o presente entregue pela vida em goles fartos de poder e compaixão. Porque em algum lugar há de existir a compaixão – e um homem alimentando em segredo a cria d'outro homem.

Elza e o colar mergulhavam no mais secreto das águas, não recordavam o mundo que ainda existia e respirava: o mundo antes de tocar a superfície dos fatos. O corpo submerso pendia com sofreguidão, e foi no ímpeto deste último sentimento quando percebeu já ter dado mergulhos ainda mais perigosos, porém nunca tão reais e palpáveis. Não fosse a quase total falta de crenças e teria descoberto de onde viemos, todavia, sua incredulidade também ajudava a manter a sanidade. Salve a incredulidade, salvem os incrédulos que nos afastam da loucura e têm as pernas sempre nas águas rasas – e proferem palavras difíceis porque o medo da linha do horizonte é maior que a sede. E as águas são salgadas.

Sentia pedacinhos de areia com os pés, o objeto estava mesmo entregue. As águas corriam mansas, passavam pelo seu corpo e seguiam ao infinito, eram menos assustadoras quando vistas pelo interior, um corpo é sempre menos assustador se visto apenas pela dissimulada máscara externa, a máscara que nos esconde, moldável; já o interior... ah, o interior contém as marcas exatas da continuidade das cicatrizes, impossível mentir as entranhas.

Agora ela estava imersa na anatomia do rio, e por puro prazer humano, desejou a vida. Mas por que o medo de beber de suas águas? Talvez porque não suportaria a imensidão do que é nascer e ainda assim ter de percorrer por caminhos tortuosos até encontrar-se com o oceano. Os amores que são tortuosos. E o rio seguia na incessante busca pelo oceano, porque as águas fundir-se-iam no que ainda não é sabido, a união de dois corpos para criar o novo e o profundo. O sagrado e o profano. O oceano esperando misterioso, com revolta e paciência – paradoxalmente – para criar o infinito.

Finalmente tocou o fundo do curso d'água, e enquanto alguns poucos ascendiam aos céus, ela santificava-se ao dito inferno. Tinha os olhos bem abertos e os pulmões engaiolando pássaros de ar, o tempo pouco passou. Resistia um sentimento de ansiedade, tinha a terra sob os pés e o resto do mundo sobre a cabeça: sentem-se assim todos aqueles a quem não perguntamos pelas mazelas? Ou o sentimento é apenas dos vitoriosos? Um aceno com o chapéu e um sorriso nos lábios é o suficiente para nos livrar dessa ansiedade? Quem é que ainda suporta o cheiro fétido da podridão alheia, o desejo de saber onde é que residem as demais angústias? Um aceno e um sorriso são suficientes para espantar o desprazer, sim, ser ouvinte é trabalho hercúleo, que não sejam somadas às nossas dívidas os pecados alheios, cada um administre a própria ansiedade de conter o mundo dentro ou fora do peito.

Aos poucos, as águas tornaram-se mais azuis e aveludadas, ondas majestosas e sutis desenhavam-se com mais afago – diferente das outras ondas arrastando-se com pressa e ânsia. Ondas lânguidas partiam de uma debilidade quase abençoada, precisavam dos movimentos curtos para dar forma e viscosidade ao tecido. O tecido azul e sem fim contornava o seu corpo e prosseguia com a dança. Elza deu de ombros, os olhos mantinham a nitidez e ela buscou pelo corpo a sustentar o azul. Cabelos longos e muito pretos agora vinham ao seu encontro, os fios acompanhavam o tecido que parecia nunca ter fim, e em seguida estavam as águas a tecer novos filetes de ondas. Tentou tocar os fios pretos. Inútil, inútil. Tudo agora assemelhava-se ao descontentamento gratuito, o fracasso tinha o odor forte de risadas alheias. Agora é sabido: não sofreram por paixões aqueles que nunca tentaram alcançar o tecido das águas no início dos tempos; esses seres estranhos existiam e isso bastava, eles se abraçavam e o ato era a recompensa maior – o abraço era o lugar póstumo, o endereço fixo da memória de dois corações que batiam descompassados. Mas vá lá saber de amor, se é o descompasso ou o ritmo muito bem arquitetado que garantirá o bom sucesso. Os ritmos agora me causam cólera e enojam Elza, tal é o modo, que alternar as batidas é a mais sincera das atitudes. Porque o amor não é uma ópera, porque me levanto aos gritos quando erram a sinfonia. Bravo! Bravo! Eis alguém que não tocou nos fios negros com compassos de bailarinas.

Os fios pretos e o vestido azul terminavam na pele negra e aveludada de uma fêmea com seios fartos. Seios que poderiam alimentar todos os organismos, dê-me um pouco do teu leite e estarei completo, e nunca mais precisarei me alimentar, e não mais existirá a fome. Fome será uma palavra a menos desenhada pelos lábios. Pois proponho inundar o mundo com o teu líquido e outra dor deixará de existir!!!

Na sequência dos atos, o mundo dobrou-se em outras tantas eras: braços negros e muito compridos acompanhavam o movimento das águas, sempre deslizando com sedução enquanto seguiam uma música ecoando dos tempos onde nada existia. A fêmea continha a música e o movimento, aquilo desenhado e entregue na criação – guardado no ventre, jurado manter na castidade e outrora fluir nas águas e nos filhos. O movimento brotava do vestido desenhando as ondas, dos cabelos filetando os cursos em partes menores e do corpo bailando desde o Princípio.

Os rostos finalmente se aproximaram: o alvo e o negro. A primeira criatura sentiu ânsias de fuga, não conseguia ver com exatidão a outra face, fossem as ondas ou o inesperado: a outra mulher. Existia mais alguém ali embaixo, ela não estava sozinha, ainda aquele rosto continuava desconhecido. Poderia um só rosto conter a expressão de todos os outros? Na tentativa de se comunicar, os pássaros engaiolados ganharam vida e saíram pela sua boca, bolhas redondas e frágeis, palavras inaudíveis, inundadas. Os pássaros nadaram até a superfície e de lá soltaram as frases que Elza tentava pronunciar. Mas as palavras ficaram soltas e desfizeram-se pela falta de quem as acolhesse. E mundo afora palavras mudas esvaem-se feito fumaça, quase nunca encontramos os seus restos, nem os poetas conseguem resgatá-las. Já encontrei no chão um pedaço de palavra, contudo não fui capaz de completar a oração, então chorei e guardei o sentimento. Que horror senti ao me ver obrigado a sepultar aquela palavra, feito uma palavra-indigente, a palavra sem corpo, embora um nome, ainda assim um resto – como um dia todos seremos restos e sepultados; claro está que alguns sortudos serão lembrados e terão os corpos velados, mas ah!... as palavras perdidas e mudas são lamentadas por poucos. Nunca a oração, nunca um poema.

Agora faltava-lhe o ar e outra vez ocorriam sentimentos ansiosos. Agitou os braços e os pés na tentativa de regredir à superfície. Falha tentativa, o corpo era pesado demais, o colar tinha agora o peso de uma vida. Por que não arranquei o colar antes? Quem é que gosta de carregar uma lágrima no peito? Que possam respirar por mim, as forças me faltam: que venham os anjos... A outra mulher aproximou-se e cerrou os lábios com um beijo. Outra vez a tranquilidade e novos pássaros engaiolados nos pulmões. Parecia tranquila, acompanhava com clareza o vestido azul das ondas; a última pergunta continuava insistindo em alguma coisa maior, quem é que gosta de carregar uma lágrima no peito? Repetia as palavras com exagero e sofreguidão. Repetia... e repetia; fechou então os olhos e toda a situação, em verdade, tirava-lhe o sossego – mas ela não acompanhava as ondas? Ela não repousava no vestido? Tinha até desistido de tocar os fios pretos, tinha pássaros nos pulmões. Qual o motivo da dor? Mergulhou por vontade própria, ninguém forçou os primeiros passos e se afirmava recordando quando na infância descobrira sozinha o que era caminhar. Havia consentido com o mergulho; e agora a insatisfação. Ali estava também outra pessoa, ela não estava sozinha. Repetia os pensamentos desordenadamente. Besteira! E de nada adiantou. Num surto de lucidez levantou as pálpebras, uma calmaria contornava o corpo. A outra mulher tinha o rosto plácido. Enfim um rosto nítido, pensou.

A segunda mulher tomou a pedra para si mesma – a outra admirava estarrecida porque tudo era o instante cálido dos sentimentos, casto de bondade pueril. Outra vez e tudo era o instante, até as águas acompanharam a calmaria e cessaram as ondas. Sem rugidos seculares, a ansiedade dos minutos dobrava-se nos olhos rasos olhando absortos de todo o resto das águas. O tempo parecia não urgir, os segundos demoravam-se nos ponteiros dos relógios, uma mão quente e úmida segurava o tempo.

A mão negra cerrou a pedra entre os dedos, e o punho fechado – exprimindo força e querer – arrancou do outro peito a lágrima. Salvação! A pedra carregou seu próprio peso até o fundo do rio descendo lenta e sôfrega, como se os ódios do mundo estivessem todos confrangidos nos limites do objeto, as dores pesadas e aglutinando-se ao bem-querer do leito dos corpos – humanos e fluviais.

As ondas recomeçaram brandas e fiéis ao curso, obedecendo à dança dos braços e vestido. A ordem estava dada, o bailar das águas carregava punhados de areia em intervalos constantes até os restos geológicos depositarem-se sobre a lágrima por inteira. Eram restos amparando restos. A questão a admirar-se com temor é o socorro que as coisas findas prestam umas às outras, pudera as outras criaturas serem dotadas de mesma sapiência e o rio não teria recebido o beijo de Elza – a pobre Elza, reflexo bestial da angústia apavorante.

Já não mais a lágrima, a imagem cultivada e carregada com a vaidade dos que mentem a própria fragilidade. Ela sentia mais uma vez as ondas, algo recomeçou e o que existia já não residia mais em seu corpo. Tocou o próprio peito e a pedra realmente jazia n'outro lugar. Sua pedra era um peso morto escondido nas areias de um rio contornado pelo vestido azul.

Seu corpo, mais leve e tocado por algo sagrado, começou a ascender até a superfície. O sol desenhava-se em manchas irregulares e feixes de luz atingiam-lhe a visão. Mas ela enxergava, enxergava de uma ansiedade comum para atravessar a linha final separando-a do mundo. Tomou com mais força um último impulso e emergiu.

Na margem, do corpo escorriam linhas de água lembrando fiapos de tecido azul agarrados a pele. Olhava a superfície do rio movimentando-se secreta e serena, sabia a existência da outra Elza, sabia que braços longos a encontrariam no abraço quando a necessidade fosse maior do que a força visceral. Mansa e feita, o corpo adorando a imensidão da própria incompreensão, como quem acorda de um sono misterioso, buscou o próprio reflexo onde pequenas ondas desfaziam e reconstruíam a sua face espelhada nas águas.

Levou uma das mãos até o rosto, sentiu o toque e, com o dorso, borrou o batom roxo que selava os lábios.

NÃO É UM CONTO SOBRE A SOLIDÃO

Buscava uma sombra perfeita, grande para toda a sua infinidade. Talvez a sombra trouxesse algum conforto: expor-se ao sol era perigoso, poderiam descobrir seu verdadeiro rosto. O rosto que era uma farsa, o rosto que poderia ter sido moldado no início dos tempos enquanto as criaturas ainda buscavam por suas identidades. E ela poderia ter se encontrado com os primeiros animais, a imagem rupestre, a membrana flácida da pele ferida em formação: as feridas do primeiro nascimento. Nascer, a disciplina imposta e o mal irremediável em existir.

Os raios de sol aos poucos alcançavam-na, a imensidão e o corpo debilitado ainda escondiam-se no desconhecido. Se era posto nascer e, por descuido, não ter asas, por que a inabilidade do corpo em continuar a procissão terrena? Talvez porque poderia seguir por um caminho estranho e lá estariam as bestas feras; sem asas para a fuga, seria uma tragédia. Assim vivia de uma vontade colérica em ser celestial. Em dados momentos, tinha fé nas coisas etéreas, aves costurando espaços dizendo efemeridades. Os anjos não são celestiais? Pois que os anjos decaídos lhe emprestassem as asas, servissem então de amparo à figura remota, também expulsa e desajeitada – ou n'outro verso, que entregassem o simulacro das penas ao maldito contador insistindo em narrar memória tão alheia; pudera eu voar e livrar-me de tal fado, mas o pensamento, o refúgio secreto das borboletas salvou-me de não fugir, todavia elas também não me emprestaram nem asas ou pensamento. A sua liberdade era condicionada na solidão de tudo aquilo que é vermelho e existe. O vermelho existe, como o sangue: sangue é preciso ser derramado para só então fazer-se em cura, expurgam-se as dores pelo sangue ou pelas lágrimas, o mesmo serve para as chagas afligindo o empobrecido físico. Talvez ela precisasse sofrer, seus males estariam todos curados e assim alcançaria a glória. Onde estão os anjos decaídos? Há um coração precisando de asas.

E nada mais clichê do que as asas para ganhar a liberdade, as asas não tocam o céu, mas o azul: nunca o vermelho da solidão. Com um par de asas eu verteria seu sofrimento do alto e tudo estaria no diminutivo das horas. Juntos, poderíamos lamentar aquilo que embebeda homens e mulheres. E ela seria apenas outra farsa, os olhos míopes e desfocados buscando alcançar aquilo inerte sobre a terra. Eu teria o compromisso com o outro coração. Sei o compromisso com as coisas que vejo, as potências idiomáticas do meu olhar, todavia não saberei jamais a outra parte do caminho, jamais saberei a previsão dos julgamentos. Como podem perceber a mim, uma figura toda inteira, se eu mesmo me faço esfinge e mistério? Como? Ah, inquietantes e desgraçadas interrogações, que eu me queira bem quando a outra criatura me enxergar, senão, pelo opaco cristalino do mundo.

Postas as primeiras emoções, as demais valem-se de outra constatação poética e dissimulada: as criaturas quase não andam, a Terra é quem faz o movimento, as criaturas apenas escondem-se como velhos caracóis – pois há de ser dado ao homem o direito à fuga, legitimada salvação de nossos ancestrais; e o passo lento das horas é monótono e a mulher quer as urgências do que ainda não lhe foi dado. A pressa é a ilusão da concha: o galgar arrastado, enlameado pelo temor dos tesouros a serem descobertos, dando a falsa sensação de movimento e velocidade. O caminhar quase sempre retilíneo, temendo as curvas. Mas a ansiedade pela existência ainda arrasta os homens.

E o amor? Amores-papoulas, cheios de líquidos, lágrimas e cruas vertigens. Também sorrisos? Também. Cunho de felicidades. Porque o amor existe, mas estou desacreditado. E se o amor fossem as asas? A ideia do amor poderia ser a concatenação do infinito e da rejeição.

Valham-me todas as considerações porque ainda não posso findar todas as desgraças em tenro coração.

Do alto, um pássaro observou a mulher e desceu num mergulho certeiro – as criaturas que têm o rumo definido por instinto. Ela prosseguia inóspita e apática; a mão trêmula segurando o rosto inerte. Como uma estátua respeitando os olhares, permaneceu empedernida e antipática – a antipatia valendo-se como arma do desconsolo, a máscara usada pelos desafortunados almejando a solidão. Porém não falarei da solidão. Não! Porque falar da solidão seria invadir a heroína, que é solitária como todas as outras criaturas.

E este não é um conto sobre a solidão!

Feito estátua, posto que o adjetivo lhe salvava e os transeuntes seriam apenas outros corpos, continuou estática e mundo encaracolado arrastou-se; o sol aproximou-se e beijou a sua face. O rosto refletindo os raios endureceu-se mais um pouco e ruborizou. Agora as palavras mais claras e menos confusas.

A ave terminou a própria tragédia – não era possível vivermos no mesmo curto e remoto espaço de tempo. Meu Deus! Eu escrevia e ela resolveu mergulhar certa de seu lugar, tão ligeira e disposta no ato.

Seu erro – talvez – tenha sido mostrar ao mundo o rosto calejado de enigmas e desejos, revelar a grande travessia pelos sentimentos, dizer-se sapiente do próprio querer. E ali, estática, tornando-se no genuíno estado humano – já quase outra, irreconhecível e de puro fel nos veios da avidez, felicidade-morte em possuir o Tudo, quando uma palavra horrível desenhou-se na epiderme de seu destino: inveja, um desvario febril da dor beijando as sôfregas possibilidades da ilusão. De novo invejava as asas que não necessariamente garantiam a liberdade; e se o faziam, por qual motivo os pássaros sempre retornavam? O retorno não é para sempre um caminho palmilhado por bestas e memórias?

Finalmente os pés rosados daquele pássaro tocaram o mesmo chão da mulher – e por consequência, o chão onde deposito esta parca lembrança. Observo com olhos de piedade... fuja, queira o egoísmo que há em todos, abandone a narrativa porque o anjo tem os olhos vermelhos de sua falecida avó, os olhos ainda consumidos pela imensidão e engolidos pela terra; e os vermes tiveram apenas a imensidão. A liberdade talvez não esteja no voo, mas no pensamento; ainda sendo necessário dizer que os pensamentos dos covardes não contenham bênção tão bem rogada. Pois o que haveria de ser a liberdade senão um casulo para uma borboleta recolher-se novamente? Elas que por natureza não têm mais esse direito, o direito à fuga, não podem retroceder os minutos do relógio, não podem desfazer a metamorfose, a mudança é a antessala da morte: e viver é a única opção. Nem o cansaço ou tristeza justificam o abandono das asas, é trair o vento, é a separação imediata das flores, é despedir-se não mais valsando. E recolher-se deve ser dolorido porque poucos conseguem entender a beleza do próprio abraço – que não é solitário, pois é quando me encontro com o pior e o melhor de mim, e os diálogos podem ser sinceros e intensos à medida em que meu coração vai latejando até a ponta das asas, agora mortificadas. É um ato de bravura libertar-se de si mesmo, e talvez o pensamento seja o último casulo das borboletas. Contudo, ainda que roubasse todas as borboletas, ela jamais entenderia o pensamento: o último casulo do ser humano, crisálida de nossas idiossincrasias.

O outro animal aproximou-se com movimentos sutis e pés buscando por migalhas, o corpo gordo ainda tinha fome e movimentos repetidos. Por um minuto a mulher quis matar a sua fome, ou talvez procurassem juntos por alimentos. Sua virtude foi cortada por um olhar de desprezo e poder, "eu sei me virar, como por instinto todas as criaturas também o sabem". A ave não disse nada à mulher, pois naquele momento todas as palavras foram dispensadas.

Mulher e ave se fitavam, os olhos endurecidos, as criaturas rígidas e emudecidas. Como se comunicavam os primeiros animais? Bastavam sons de tristeza e súplica? A ave com os olhos muito abertos e certos de que já viram muito mais do que o resto dos outros bichos. Ela não estava com os primeiros animais, nem mesmo a moça. Eram jovens, o que as separava era a farsa de que apenas uma delas ainda existia na realidade de todas as coisas. Não a moça, a moça fingia a realidade, embora sempre existisse no íntimo de todos os segredos, de todas as migalhas recolhidas e acumuladas – existia no acúmulo de dores, as próprias e as dos outros. Se tinha pouco, contentava-se com os restos desgraçados.

Os olhos continuavam emudecidos, piscadelas grandes e lentas espantavam os barulhos. A ave aproximou-se – não venha, estou sozinha e tentarei arrancar as suas asas. Os passos seguiram rudes e absortos do medo, movimentos desejados por mim, não o movimento retilíneo dos caracóis. Os outros sons foram afastados, existiam apenas os dois animais. O pescoço da ave ritmou-se para frente e para trás, as patas rosadas deram passos firmes, a terra assegurando seu caminhar. Faça isso na areia branca, fina e sincera de uma praia. Vamos! Faça e tal graciosidade não seria ato para esnobar e extirpar minha imensa vergonha ao caminhar por essas terras vermelhas e secretas, as terras onde a mulher busca a si mesma por sombras horizontais. E talvez eu sangre, porque a moça recuou e não desejou a criatura. Agora os olhos vermelhos, e os pés e o sangue. E a certeza de que suas asas ainda permaneciam firmes e azuis. Mas a ave tinha o céu e a moça tinha a terra – atrás da falsa máscara da maturidade concedida pelo tempo.

— Talvez exista o amor, disse a ave com o bico endurecido, no ímpeto de comunicar-se através de uma palavra toda feita em filosofias.

Os ouvidos fracos, embora um certo silêncio continuasse quase como permanente, quase como os silêncios castos e póstumos, os silêncios velados pelos santos. O busto de uma estátua olhou-as de longe: Coitados, ali estão as criaturas solitárias.

Jurei não escrever sobre a solidão.

— Mas então, e o amor? indagou o animal de olhos rubros; e continuou em farta linha de pensamento, no amor existem os ruídos, ou não seria amor. Se a paixão é uma explosão, o amor é o som ensurdecedor e intermitente. Por isso o amor – quando visceral – ecoará sempre através das eras até que uma mão grande e generosa silencie o caminho: haverá paz, a palavra será engolida e todos descansarão, afinal. A morte não é o descanso, a morte é o intervalo secular entre sinfonias ordenadas por errantes.

A mulher torceu os lábios, mergulhada em raiva e ânsia de responder. Os punhos fechados, os dedos quase atravessando a pele fina e outra vez o sol e a ave fitaram-na – finalmente! – por inteira. Ela que era matéria enrijecida de carne e osso, fragilidade sabida até pelas árvores.

Por compaixão, minha vontade era a de esticar os braços e estrangular o animal alado, o animal que acreditava saber de todas as coisas. Como ousava invadir o coração alheio? Se o que restava à mulher era qualquer outro sentimento, fosse então permitido mantê-lo casto e pueril. Ah, ave imunda, meus braços alcançariam teu pescoço, mas eu não saberia o que fazer em seguida: a mulher estaria solitária e este não é um conto sobre a solidão, a solidão cuja culpa carrego no átrio por cuidá-la apenas de longe.

Saber-se amante doía na mulher. A angústia tinha um nome que não poderia jamais ser dito, um nome que comprometeria até mesmo os estranhos, um nome guardado pelos poetas na angústia daquilo impossível de ser pronunciado; nunca acredite nas palavras dos poetas, elas nascem ou mentirosas ou nunca inteiras.

— Não quero esta certeza, a certeza do amor, a angústia, não posso estar certa. Eu... eu que não sou inteira só porque me disseram. Anjo maldito, talvez nem mais o fado do amor eu possua. Não posso a retidão orada pois desejo a criação vinda de minhas próprias mãos.

O busto da estátua e eu demos risadas malvadas e abafadas.

A ave, arrependida do atrevimento, refugiou-se um pouco na própria insegurança deixando saltar mais algumas palavras:

— Eu nunca amei, confesso. Recebi o amor clandestinamente, eram mãos estranhas, bebi até a última gota do líquido e não tenho mais fome. Amar, de amor pungente, não!

— Paradoxal, gritei ao longe; a estátua olhou-me com espanto, mas todos os demais não foram capazes – ou não mesmo quiseram – de abraçar o meu gentil brado.

— Se agora mesmo dizia repetidamente sobre o amor e buscava por comida enquanto envergava o pescoço, como não amava ao menos o próprio alimento? Então é assim? Pode-se beber do amor e esconder-se na mentira de não tê-lo sentido até o átrio? – indagou a mulher, já quase outra na falsa e bestial cordialidade humana.

"Fuja, mulher, fuja!" – pensei em advertência, dentes e mãos cerrados na agonia do meu bem-querer ao outro.

— Se busquei por alimento é porque agora minha ânsia é outra, não mais o amor. A fome não precisa emparelhar-se a tal sentimento. Sinto pelo alimento a necessidade do corpo parco, não o amor, este acontece sem a busca, pobre do desejo.

Ainda há solução, pensou a mulher com o coração um pouco menos amargurado; tornando-me em anjo tocarei o infinito, todos verão que sou também amante, a boa forma do amor, não o amor-angústia, não aquela emoção minando o próprio estado-de-graça do peito.

A mulher fez ares de soerguer-se:

— Pássaro, ouça: eu admito, tenho o amor, sou vermelho-solidão e também rubro amor, me faltam as asas, mas tenho amor. Cá dentro eu ainda posso chamar o sentimento, n'algum lugar onde os mistérios não precisam de soluções, eis a casa do amor.

O animal deu risadas. E pássaros podem rir? Esse dava risadas, dava risadas como se minha vergonha fosse exposta.

— Então vamos, chame o amor, desafiou; chame e talvez ele venha pelos teus lábios e outros animais possam ver e desejá-lo também – o ridículo do amor, consagrado e concedido aos que não tem medo de expor as vergonhas, cicatrizes e entranhas. O amor no vestido da coragem, o abraço quando ninguém mais vê e ainda assim cumpre sua afabilidade. Vamos!!!

Ela chamou o amor, o peito murcho, os músculos ainda contraídos. Todos espiavam-na curiosos e maus; e o amor, silencioso e brando, pareceu dar um sopro de vivacidade.

Fez-se um silêncio sepulcral. O pássaro fingiu lonjuras, desinteresse, a fim de conservar casto o caminho de verde desejo. Recolheu suas asas porque não queria ser visto como uma criatura feita da aspiração maior: todo feito de esperanças, um amor possível das alturas, um sonhador. Deu de ombros, um sorriso confidente, embora os olhos vermelhos continuassem apáticos; e num gemido preparou-se para a despedida.

— Queria as tuas asas, confiou-lhe a mulher.

Mas o animal raquítico, de coração tão pequeno e que teve amor, alçou voo e partiu. A mulher ficou ali, solitária, tentando beber do próprio sentimento vertido.

Quanto a mim, encontrei-me no lugar mais íntimo da solidão – o secreto do meu âmago era de uma claridade ameaçadora.

A VISITA DE LOURDES

Lourdes caminhava com passos curtos e sinceros, os braços atrelados ao peito, as pernas velhas tentando sufocar aquilo roubado pelo tempo: a virtude de caminhar sem o medo do desalinho. Agora o olhar baixo e remoto. Tinha uma certeza miserável, e no paradoxo das horas, era bruxuleante feito a chama de uma vela. Procurando pela remissão dos pecados, ela evitada qualquer timbre, qualquer olhar – o medo sacro do julgamento –, sabia que algumas pessoas ainda caminhavam com os olhos também baixos e distraídos do mundo ao redor, existia um certo pavor em erguer os olhos e encontrar restos de alguém ainda vivo, cruzar com a verdade encrustada na retina de quem vigia. Ela gritava um silêncio apático e um ruído audível apenas por aqueles que palmilharam as mesmas terras. Uma mulher que negava a verdade de nunca palmilharmos os mesmos trechos, nunca o conforto na solidariedade das angústias, nunca a irmandade das dores para alguém mentindo o contorno das janelas sacras do peito.

Usava um vestido vermelho cobrindo-lhe até a linha os joelhos, o vento dançando com a roupa e trazendo movimentos sutis para um dia insosso e previsível, o vento criado para assoprar os corpos quando faltam as forças necessárias para galgar os morros. Ela repetia o vestido do dia anterior, uma certa candura na distribuição dos pequenos detalhes, das pétalas brancas dispostas sobre a fina camada a fim de evitar que o rubro não lhe roubasse a aparência cândida, a imposição da falsa pureza. Mas o vestido vermelho de Lourdes trazia simplicidade e um ar pueril. O vestido era sincero, talvez faltasse a sinceridade nas palavras, todavia ela caminhava e mantinha tal imagem aos demais olhos atrevidos, aos olhos daqueles que um dia fizeram um movimento sutil com a cabeça. Salvem os que se atreveram porque puderam caminhar sem medo até a linha do horizonte, e descobriram que, afinal, o mundo tinha de fato a forma de uma fruta arredondada e suculenta. Espanto! E todos podiam rolar sem o medo estonteante de cair no abismo, sem o medo de arriscar as bordas.

Ela recolheu um pouco mais os braços rasos junto ao corpo. Tinha raiva e angústias viscerais, mas não as contava a ninguém, como quem tentava manter sagrado algo impassível das revelações. E ainda em falta com a santidade, tinha o animal, era em si mesma o próprio animal – o derradeiro em sua linhagem – e protegia-se como quem protege a cria. Era extremamente maternal, berço de si mesma. Era o berço do mundo, a cor primeira. Talvez tocasse o fundo e ressurgisse mansa, maravilhada em vigor e beleza.

A mulher carregava uma pequena bolsa de retalhos coloridos – o corpo comprimido pelo tempo dava a sensação de uma bolsa grande e incômoda, uma âncora de pano no arremate das lembranças; arrastava o objeto com a mesma força descomunal usada para pronunciar as palavras presas nos lábios. É preciso rogar bênçãos à imagem justa quando, na verdade, a bolsa era pequena, não poderia caber muitas coisas – como se nos corpos pequenos existisse apenas o necessário para transitar sem ser notado. Tinha graça ao caminhar, suas mãos apertavam com segurança o objeto.

Com oito batidas na porta e um grito ela anunciou sua chegada. Um gemido fez-se do outro lado ilustrando o prenúncio das palavras que nasciam exauridas de dor e compaixão. Uma outra mulher abriu a porta: era uma figura pálida e longilínea, o corpo exprimindo distância de todas as outras criaturas, o topo da cabeça mirando o céu, como se tudo pudesse enxergar – nunca invejou os pássaros, tocava as nuvens com os cílios, afastava os grandes borrões brancos com piscadelas espaçadas e longas. Tudo na mulher era longo, lembrava as grandes travessias, a rua comprida e muito plana, casas alinhadas e uma curva espiando tímida e apática, quase morta no horizonte. A mulher também espiava a curva com distância, mas nunca tímida, os braços esticados tocariam qualquer lugar, os braços que com engenhosidade desenharam como seria a coragem. Estique-se mais um pouco, vá!

Benta, a mulher longilínea, convidou Lourdes para adentrar-se. A anfitriã tinha um sorriso opaco, dentes muito amarelos e secos. Vez ou outra a língua corria pela superfície plana e umedecia-os, fulguravam por alguns instantes, então os lábios pareciam mais cremosos e molhados. Um instante de brilho valendo-se para disfarçar todo o resto.

As duas seguiram até a cozinha, e por alguns minutos repousaram os corpos dormentes no banco de madeira recostado à parede. O ambiente era muito limpo e aberto, com móveis de madeira dispostos sem emoção; apenas uma névoa muito branca as envolvia. A mesa ao centro alinhava-se com as retas paralelas nas tábuas do assoalho – sem a contestação da ordem, as coisas respiravam por razões imutáveis. Tudo na casa tinha um certo assombro, como quem não poderia mais olhar por cima dos ombros e agora só restava a ilusão da memória. Todos os utensílios da casa pareciam pendurados e prestes ao suicídio, porcelanas ameaçavam avançar para fora da estante muito quadrada e alta, talheres vislumbravam o chão respondendo com brilho e altivez, jarros com flores espiavam quando iriam se encharcar da verdadeira água. Era uma casa que, como a dona, fulgurava longa e esnobe – mas triste.

Um pouco de silêncio e somente o murmurinho de traças cochichando. Lourdes tinha as pernas cruzadas e dava mexidinhas com um dos pés como quem espantasse qualquer coisa; as mãos permaneciam vigilantes e sentinelas com a bolsa. Com uma euforia secreta, valendo-se dos cuidados para não revelar as rachaduras nos vasos, para não compartilhar as bênçãos impedindo o pecado, Benta levantou-se e começou a servir o café, o caldo escuro escorria quente no interior das xícaras de porcelana, a fumaça desenhando pequenas espirais no ar.

Lá fora, um vento rosa e manso afastava o mundo e elas pareciam carentes desta mesma solidão. As duas mulheres desejavam o respeito do mundo pelos que clamam a própria companhia, a solidão preservando a consciência e afagando com doçura os pensamentos loucos.

A mão em concha de Lourdes contornava a xícara embriagada do café quente e amargo – tinha desconfiança pelas coisas quentes, pelas coisas que se ajeitavam no corpo e aproximavam, um pouco, a alma da carne. Ela não gostava das coisas postas, das coisas monótonas e inertes, das coisas-Benta. E sobre as coisas inertes, dizia-se em pensamento: aquilo repousando tranquilo e sem movimento deve conter um mistério, deve ser passível da desconfiança.

Incômoda, Lourdes ainda fitava a bebida. As coisas estáticas não exprimiam sensações, feito águas paradas em um oceano muito vasto, ninguém afirmaria se estavam vazias de sentimentos e criaturas ou inteiras nos prazeres – feito um amor em repouso, triste e vazio, porque o amor é a ação de todas as emoções, não lhe cabe, portanto, tamanha calmaria: é preciso o movimento para que dois corpos se encontrem e possam concretizar o ato dos corações. No amor, é preciso movimentar-se para atravessar a carne, o amor não repousa na superfície das coisas.

Ela remexia o café na tentativa de pequenos círculos terminando na aspereza do desenho de uma meia-lua. As tentativas eram sempre insinuações de recomeços e fracassos, as tentativas eram a predição da meia-lua, dos meio-sorrisos, de uma existência galgando os primeiros degraus, talvez aqueles até a metade do caminho, mas na falta da curiosidade, na falta dos olhos buscarem por algo no desconhecido, morria por inanição e mesquinhez. Remexeu mais um pouco o café, retirou o cabelo dos olhos e repousou os cílios na irmã... que sorriu.

Benta sorriu amarelo, afastando os lábios dos dentes, a boca fazendo um esforço ferrenho para fantasiar a proximidade, a secura das palavras ainda fetais nos fios paralelos, e como não houvessem ainda inventado outros gestos, prosseguia da mesma forma. O sorriso deveria existir como existem todas as coisas palpáveis, jamais um organismo no invisível – mas não o seu sorriso, talvez os outros, talvez os outros sorrisos fossem menos amarelos e espaçados, talvez os outros sorrisos fossem seguidos de gestos mais reais e menos inventados. Prosseguiu com o ato pela superfície das coisas e do vento até o rosto da outra mulher.

E seus lábios inventaram um pensamento. Houve um coração pulsante e uma mão remexendo-se outra vez, agora com mais força disfarçando ternamente aquilo gélido e distante. Segurou o sorriso por poucos segundos, o tempo atravessou mais algumas centenas de anos e ela continuava sem ter a admiração dos homens, ela continuava pobre e sem sorrisos. O sorriso furtivo não poderia, senão, o mundo das ideias – mas seu corpo precisava tocar o real. Em resposta ao sorriso de Benta, Lourdes dobrou os lábios imitando suas luas, e rascunhava com ânsia a avareza da primeira hora. Benta teve, assim, o real e o amarelo. Um ranger de dentes constrangeu o silêncio e sua outra mão fechou-se em agonia. Ela tinha um sorriso unicamente seu. Não mais remetente e agora destinatária de um ato profanando sua individualidade, suas palavras haveriam sempre de ter a marca do que somente o outro conhecia, uma ilegitimidade que ofenderia os santos. Seu punho cerrou-se ainda mais e os dentes acompanharam a inquietação de todas as coisas vivas. Percebeu um pouco mais a própria pele e um ronco ácido vindo do próprio pudor. Então ruborizou e estancou a respiração por bel-prazer.

As duas mulheres fitavam-se em silêncio. Benta apoiando-se no balcão da pia com uma das mãos, enquanto Lourdes despedia-se por alguns instantes da xícara de café; agora suas mãos dividiam tarefas: uma delas apoiava a bolsa de retalhos sobre o colo, a outra abria o zíper com desinteresse. A mão frágil alcançou o fundo da bolsa e outra vez deixou cair um sorriso. Eram dois sorrisos quase seguidos, uma legitimidade nas ações que ficaria registrada na caderneta da memória – durante o velório das coisas findas, estariam ali dois senhores estendendo-se felizes porque numa manhã longínqua eles nasceram. Quer dizer que não mais existiam as perguntas e ali jaziam todas as respostas? Qualquer que fosse o próximo movimento, era fato que tinha tocado em algo e esboçado um sorriso. Mas que sorriso apático, Lourdes. Você tocou o fundo, grite, mulher! Você agora tem o que falta aos homens. Vamos, agarre o objeto, vamos!

Aos poucos o braço retornava e o objeto surgia, a mão trêmula e o objeto vermelho e felpudo. A bolsa em trabalho de parto e a mulher respirando com ares de excitação. Era o nascimento, o momento único do parto que, para ela, repetia-se todas as tardes. E a dor, Lourdes? E a dor de algumas mulheres ao entregar outra criatura ao mundo? Talvez seu anestésico estivesse na esperança de alcançar todos os dias o que já conhecia, não lhe faltava o medo humano do desconhecido. Sabia a necessidade de arriscar-se ao desconhecido ou seríamos estátuas apenas observando em silêncio.

Continuou com o processo: o objeto felpudo, reluzente e vermelho já podia ser visto com clareza e desconfiança. Lembravam cabelos: ah, eram cabelos. Lourdes era tantas mulheres e só agora eu soube: também usava perucas. Ela não queria permanecer a mesma, permitiu-se à metamorfose. Qual o teu segredo? Porque eu tenho medo, e o medo é uma sombra de pensamentos loucos ditando palavras ácidas e duras enquanto estou acordado. Pois durmo para espantar os demônios. Meu inferno e paraíso ainda não conseguiram a concordância, tem de haver alguma misericórdia. Porque eu, humano e frágil, sempre tive afinidade pelos demônios, e ainda assim espanto-os para longe de mim. Os demônios assombram porque falam a verdade – e o consolo da loucura é saber que não existe uma única verdade, mas aquela inventada pelos homens.

Lourdes vestiu a peruca, ajeitou os pontos cegos puxando o objeto de modo a encaixá-lo com perfeição na cabeça fina e ovalada. E pronto! Dessa vez não sorriu. O rosto alvo estava murcho e nulo, quase carrancudo e melancólico. Pequenas gotas lânguidas pareciam brotar dos olhos apertados e densos, eram gotas finas e escassas escorrendo sem vontade, desenhando pequenos rios na altura das maçãs do rosto, matando a sede da saudade; eram lágrimas de memórias distantes, um momento correndo lento, as primeiras palavras vertidas permanecendo sempre belas.

— Lourdes, chamou Benta, outra vez você está repetindo os atos sem razão que a tua incessante saudade continua a lhe cobrar; sem muita simpatia, apertava os lábios e espremia um pouco o olhar.

— Repito o caminhar todos os dias, é um ritual para que a memória nunca me traia, para que as lembranças estejam sempre presentes, embora perfurem a pele e agora sangro pela ponta do pensamento. Mas eu preciso que a memória de minha menina permaneça constante, tenho querências de ter devorado a cria para que o abandono nunca pudesse o fato. De tudo fica um quase nada, tenho a repetição de seus gestos ou a falsa afinidade na semelhança. O esquecimento me apavora.

— O esquecimento não é a perda da memória. O esquecimento não é o abandono. Esquecer é verbo que pronunciamos sem nunca conhecer, de fato, seu verdadeiro nome. No corpo existem lugares secretos guardando o amor, mulher! Lugares que amparam até mesmo as dores, as angústias e a raiva. A memória é um organismo vivo com vontade própria e nômade. Onde, no teu corpo, reside a tua memória?

— De que vale saber os signos do esquecimento? De que vale a geografia da memória? Minha filha partiu, Benta. Sem a chance das palavras, ela partiu. Então sou cruel e não lhe permito a liberdade. Toda mãe é sentinela da saudade. Refaço seus cabelos e caminhos todos os dias, assim ela nunca estará sozinha ou esquecida. Já não consigo dialogar com a solidão, já não posso com a disponibilidade afetuosa da ausência.

Benta era ríspida, economizava na emissão dos sentimentos, exclamava com voracidade, feito os arrogantes – os arrogantes que são sempre tristes, a arrogância vinda com o primitivismo da comunicação; o arrogante precisa das palavras enxutas para não confundir as próprias ideias, besta agressiva e imbecilizada nas próprias desculpas.

— Isso me parece um pouco com fingimento!

Ao que Lourdes respondeu sem que as palavras ordenadas lhe fizessem muito sentido:

— Eu não finjo, eu existo a vida de alguém que já não pode mais sofrer dos mesmos males que eu!

E continuou:

— Por isso existo, existo a fim seguir o caminho interrompido por uma mão que, sem destreza, veio e findou o destino da poesia. Porque me é permitido existir, porque faltam as palavras não pronunciadas e amores não declarados. Porque ainda existe o amor. E eu confio no amor. Eu sou das criaturas que confiam no amor, a primeira delas!

Ela era sim das primeiras criaturas, esteve entre as primeiras mulheres e por isso confiava no sentimento. Porque ela não inventou o amor e isso era o seu alimento, ela recebeu-o em seu primeiro estado de existência, ainda latente, não aquele cotidiano dado aos românticos e aos jovens. Lourdes não temia o amor, ele a tocava e exprimiam-se assim todas as incoerências dos amantes, pois, amar parecia uma exaustão de palavras até perderem-se as razões, quando sobrariam as ações vindas do cerne da coisa: então amava-se de verdade! Amar é quando todos os movimentos apontam para distrair a apatia do músculo estriado batendo no peito!

— Benta, você está tão bela, mesmo vestida com o rosto fino e os olhos caídos, balbuciou Lourdes piedosamente; talvez tentando se desculpar pelas exclamações anteriores, contudo a piedade não a salvava, a piedade era a arma dos covardes em admitir que somente nas vísceras havia o sincero e o real.

Lourdes fitava com olhos mansos, julgando que a outra mulher tivesse, talvez, a alma bondosa e inocente. Mas não tinha! Se pudesse, Benta arrancaria sua peruca e mergulharia na bolsa de retalhos. A bondade e o amor não a salvaram de estar entre os homens, não a livraram de ser, assim como Lourdes, outra mórbida farsa.

— Dispenso a tua falsa pretensão aos elogios, trovejou a irmã, e seria mais fácil cruzar a grande angústia se aceitasse os fardos que lhe aprouver de carregar, como às flores não é dada a opção da cor: simplesmente são! Carrego o corpo dado por obrigação, e isto já é uma tarefa árdua e pouco prazerosa. Qual o motivo de fingir uma outra vida, Lourdes? Como se um outro rosto a salvasse de todo o tormento! E a tua tempestade ainda respira ventos indesejados, impossível banhar-se com anseios tão catárticos. Veja, simplesmente existo, existo porque também estou entre as criaturas, não as primeiras, mas entre as outras, as menos afortunadas. Todavia, a existência permanece fria. E agora – por tua culpa!!! – parece-me falsa. Existo, mas é no íntimo onde faço residência.

— Ora, pois eu também estou no íntimo das coisas, respondeu, o mais secreto de mim ainda tem a força visceral. Sei que é permitido às feras o instinto. Você tem instintos?

A pergunta disparou seca, não houve um momento para respirar ou permitir ao pensamento algo capaz de desmembrar todas as palavras da mulher. Talvez arrancasse os falsos cabelos da irmã: eis o seu instinto, cogitou Benta, descobrir a farsa de alguém! Contudo, as certezas impediam os atos mais profanos, a ansiedade irracional em revelar um rosto e, de súbito, arranhar o próprio verniz.

Então, Benta respondeu ávida:

— Claro que tenho instintos, querida irmã, mas eles são secretos! É no íntimo onde faço residência, repito. Não consigo compartilhar desta tua irreverência poética, tenho para mim a placidez como medida do que é lúcido, não posso expor ao sol os veios de minhas terras. Lembre-se, minha querida: a lucidez amansa os diabos.

Os olhos de Benta rolavam dentro das pálpebras finas e quase transparentes, a retina agora depositada nas vezes em que se escondeu face às vergonhas da infância. "Você é muito comprida, que menina desengonçada, tem ares de palmeira, moças como você devem ser esguias se quiser um corpo na cama. Deve ser certa, certa, clara e reta." Empalideceu, fios gelados escorriam sinceros pela fronte, o lábio superior dava pequenas mexidinhas como se acompanhasse o tique-taque das horas transgredindo os momentos com ousadia. Os terrores da infância eram unhas longas deslizando pela espinha, unhas que depois viriam a segurar o seu rosto seco e sacudi-lo horizontalmente como lembrança das boas maneiras.

— Talvez meus instintos sejam como os teus desalinhos emocionais, prosseguiu Benta, mascarados e envoltos em uma peruca ajudando a fingir um outro rosto. Quanta tristeza há na tua póstuma esperança, a saudade quase não lhe serve mais de manto. O fato é que talvez eu realmente não busque mesmo um feixe de luz, a outra luz no raio do horizonte, na linha póstuma da saudade – uma ardência lastimosa do adeus, chama de poucas memórias. Não busco uma lembrança saciada na outra pele, farto de um querer gentil, uma ilusão de carinhos quando o nome se tornou em desconhecido som, rouquidão. Você sabe, Lourdes, o outro nome desenhado no limiar do esquecimento, da paixão familiar do não-mais. Não busco uma estrela cadente, um lado mais vivo do poente. Não mais persigo uma esperança fugaz – eu me amparo na concretude. Uma farsa, Lourdes, farsa é o nome do teu desalinho.

"Outra vez me dizem ser uma farsa. As palavras, embora proclamadas com ódio e desgosto, talvez possam a veracidade. É preciso dar voz ao fato de que caminho sem muita vontade para abrir meus ouvidos às orações ditas também por instinto e vontade de ferir. Benta talvez tenha instintos! Ela profere palavras simulando a sabedoria e eloquência daqueles que estão nos altares, palavras que ecoam, ruídos raivosos que são."

— A beleza não é algo para ser compreendido ou aceito, bradou Lourdes seguindo o fio do pensamento, o belo é uma criatura metamórfica, todos os dias visto-me em vermelho de modo a não ser a mesma dos outros tempos, para ser um pouco a minha menina.

— Irmãzinha, a frase soou-me um pouco sem sentido. Se todos os dias repete as ladainhas e as vestimentas, e se todos os dias tens no vermelho a vontade de negar a partida de tua filha, como ser permutável refazendo-se na mesma lembrança? A vontade da despedida é factual, mas o medo da dor é outra vez as sombras nos pensamentos e no bom juízo.

Lourdes, contudo, era alguém que via na saudade consentida um último suspiro para um pulmão respirando longe e decaído, esperançosa por uma viagem em um horário inexistente, inventando nas entrelinhas as próprias partidas.

— Não quero que entenda minha beleza ou honestidade. Se já foi dito que no íntimo reside o verdadeiro e o único, ninguém jamais poderá tocar as minhas entranhas e contestar a autenticidade de meus fatos. Porque há uma beleza única nas vísceras, embora tão pouco compreendida. Mas não finjo, fingir é negar que há em nós algo maior e reduzir o coração à simplicidade do nada, do superficial. É preciso arder, atravessar fogueiras e se queimar, renascer todos os dias em partos dolorosos. E que me chamem de mentirosa – e outra vez, digam que minha loucura seja fingir –, mas isto é um problema de quem permanece sempre o mesmo e nunca arrisca as águas profundas: é a ainda a ideia daqueles que desprezam o grito interior!

As palavras de Lourdes soaram feito mel derramado da boca de um poeta, como um filho sugando o leite do seio farto da mãe. Benta quis por alguns instantes dar pequenos gritos de concordância, porque as palavras da irmã pareceram lúcidas, sensatas, e ela precisava de algo capaz de acalantar sua aparência áspera. Na falta dos gritinhos, outra vez ela sorriu e umedeceu os dentes com gestos da língua, o músculo contornando cada uma das peças.

Uma mesa de madeira e muito limpa separava as duas irmãs, a cozinha outra vez muito clara e reta, as coisas colocadas e justas. O ambiente criava em Lourdes ares de contestação às maneiras da irmã. Benta deu passos alinhados, a figura longilínea movia-se com elegância e transparência postando-se diante de Lourdes.

— Você invade a individualidade da tua filha, exclamou Benta curvando um pouco a espinha, feito uma deusa prestando um favor aos menos afortunados, satisfazendo a fé de empobrecidos homens rogando por bênçãos.

— A individualidade é algo que jamais poderá ser profanado, ainda que tentem. Há uma parte intocável, incompleta, e seu estado de mutação é constante. A mudança e o movimento talvez sejam os alicerces, caso contrário o mundo pararia e todos cairíamos estáticos para o sem-fim. Perigoso é aceitar-se imutável e negar o próprio redescobrimento. Perigoso é abandonar uma saudade sem entender-lhe o motivo. E minha menina ainda mora em minha saudade, porque a ausência dela nunca será uma palavra dita ou um gesto de adeus. Procuro sua lembrança num espaço de saudades intermitentes, pausas democráticas da dor, de uma lástima de amor que já não pode pontos no mapa. Porque um dia ela partiu... e nossos corações já não consagravam mais batidas paralelas, nossos sentimentos descompassados. Mas em algum momento haverá o encontro do ponteiro de duas vidas e a dor será uma invenção, e a dor será uma saudade dispersa.

— O que foi essa tua ilusão?

— O que ainda permanece: uma memória-lampejo que existiu no ruído da esperança, uma história bonita no braço da vida.

Lourdes pôs-se de pé e retirou os cabelos vermelhos, tornou aos mesmos olhos baixos da primeira vez, fez um aceno com a cabeça e começou a caminhar, segura de que as pedras não a trairiam. No percurso, colocou o emaranhado de cabelos dentro da bolsa e partiu certa da estrada. Era sabido que na outra manhã retornaria para a tentativa de não abandonar a saudade, para não ser solidária à partida. Claro está que não seriam mais as mesmas: a saudade ou a mulher, porque outras saudades surgiriam quando despontassem novos sentimentos.

...

— Lourdes?!

AGRADECIMENTOS

Mãe, obrigado porque um dia você disse 'sim' para a minha existência, porque você chamou por mim antes de qualquer outra coisa. Obrigado pelas asas, anjo meu! Eu te amo!

Ricardo, obrigado por tornar as coisas reais, por ter feito perguntas, por ter buscado respostas ao meu lado, por segurar a minha mão durante as travessias. Obrigado pelo teu amor.

Vó Judith, obrigado por me cuidar, por contar tantas histórias, por estar ao meu lado.

Henrique Steamfeld, agradeço por nossa irmandade, pela cumplicidade, por me ensinar tanto sobre o que é ser uma alma boníssima. *Thank you, Sys*!

Rick, eternamente Sophia e Dorothy, não existe expressão maior que desenhe nossa relação, nosso afeto tão único – e por isso, muito obrigado.

Monete, obrigado por ser o meu porto seguro, por compreendermos um ao outro em qualquer extensão do brado ou emudecimento.

Loly, obrigado por esse sentimento tão bonito, pela mansidão das tuas palavras, pelos reencontros sempre tão vivos e amorosos, por me acolher, pelo apoio verdadeiro!

Ítalo, pela extremíssima gentileza no olhar e por tamanha intensidade no momento do abraço e do riso, obrigado.

Luí, obrigado pelo encorajamento de sempre, e por repetidas vezes dizer: vai ser um sim, vai ser um sim! Você que sempre soube das coisas...

Aninha, obrigado pela confiança, por ter sido a voz quando eu quis o canto.

Tati, Hellen, Flávio, Thaisinha e Nathy – *Os Amicos* – obrigado por terem me ensinado sobre o bonito e firme laço da amizade, por permanecerem mesmo com toda essa distância.

Agradeço também ao Grupo Editorial Letramento pela confiança e cuidados com a obra.

Pois fiquem todos com o meu sorriso e uma ou outra expressão desenhada no dorso das lágrimas – obviamente felizes, porque agora – em contrapartida – sou eu que devoro a vida e o mundo!

editoraletramento
editoraletramento
grupoletramento
editoraletramento.com.br
company/grupoeditorialletramento
contato@editoraletramento.com.br

casadodireito.com
casadodireitoed
casadodireito

Grupo
Editorial
LETRAMENTO